In Liebe
für Barbara, Alexandra, Kai, Timon, Nele und Isabelle

„Sterben dürfen ist dann eine Erlösung, wenn das Grauen sich aufmacht, den Leidenden zu umfassen."

Dietmar Dressel

Dietmar Dressel

Das Grauen in unserer Welt

Trilogie

Romanfolge im Bereich der Fantasy

Teil 1

Die Schmerzen unserer Erde

Fantasy Roman

Zum Roman

Im ersten Teil dieser Trilogie – „Die Schmerzen unserer Erde", lesen sie etwas über die Sehnsucht eines bewohnbaren Planeten, mit seiner Pflanzenwelt und seiner Tierwelt ein friedliches und gedeihliches Leben zu führen so, wie es die Schöpfung, oder Gott wie manche auch dazu sagen, vorgesehen hat.

Wie wurde er geboren, und wie fand er eine angenehme und für ihn verträgliche Kreisbahn um eine warme Sonne? Unser Universum - ist es möglicherweise endlich? Was ist nach dem Urknall passiert?

Der Planet Erde, ein kleiner lebensfähiger Planet am Rande einer Galaxis, entwickelt sich gut. Was man von seinen denkenden körperlichen Zweibeinern, also den Menschen wie sie genannt werden, nicht zwingend behaupten kann. Sie raffen, was sie raffen können, sind neidisch bis zum abwinken und bringen sich in letzter Konsequenz mit dem Feuer der Sonne grausam gegenseitig um.

Was veranlasst die Spezies Mensch, als denkendes körperliches Lebewesen der höheren geistigen Ordnung, den besonders üblen Charaktereigenschaften unablässig hinterher zu hächeln?

Der zweite Teil der Trilogie – „Die Komplizen der Gier" beschäftigt sich mit den Erfüllungsgehilfen der Gier und wie die Menschen, trotz des Wissens darüber, nicht von ihnen loslassen können - oder wollen?

Dem Autor gelingt es, trotz der schwierigen Thematik, glaubhaft und spannend eine fantastische Geschichte zu erzählen. Es werden möglicherweise auch viele neue Fragen auftreten, was der Autor so sicherlich auch beabsichtigt hat.

Bibliografische Information der Deutschen Nationalbibliothek.
Die Deutsche Nationalbibliothek verzeichnet diese Publikation in
der Deutschen Nationalbibliografie;
detaillierte bibliografische Daten sind im Internet über
http://dnb.d-nb.de abrufbar.

Copyright © 2016 Dietmar Dressel - Autor
Herstellung und Verlag: BoD - Books and Demand Norderstedt.
Alle Rechte vorbehalten. Das Werk darf - auch teilweise, nur mit
Genehmigung des Verlages wiedergegeben werden.
Gestaltung: Alexandra Dressel und Barbara Dressel
Layout: Kai Hintzer
Printed in Germany
ISBN 978-3-7392-2706-1

Teil 1

Die Schmerzen unserer Erde

Inhalt

Ich werde geboren
7

Die Spezies Mensch erwacht
16

Warum essen, trinken und vermehren sie sich so zügellos
43

Ich werde krank
56

Muss ich sterben
70

Ein gefährliches Experiment
94

Haben meine Kinder eine Chance
102

Meine Kinder am Abgrund
114

www.dietmardressel.de

**Mehr Informationen unter
BoD Verlag
www.bod.de**

Folgen Sie mir auf Twitter

Ich werde geboren

Was je die Freude groß gezogen, es wiegt das Vaterglück nicht auf.

Eduard Duller

Auch die Geburt eines Planeten bedeutet Schmerz und Freude für das beginnende Leben. Die Schöpfung bereitet die Voraussetzungen dafür. Letztlich entscheiden die sich entwickelnden, denkenden körperlichen Lebewesen der höheren geistigen Ordnung darüber, ob sie dieses Geschenk wertschätzen, oder die materielle Gier ihren Untergang einleitet.

Dietmar Dressel

Ich erwache im Dunkeln, weil die Vögel sich regen, ein Murmeln in den Bäumen, das Flattern der Flügel. Es ist der Morgen meiner Geburt, der erste von vielen. Löwen brüllen über Tempel, und die Erde bebt. Aber es ist nur das Morgen, das Wache hält über das Heute.

Ägyptisches Totenbuch

Mit leicht aufkommender Sorge drängen sich zielstrebig Estries Überlegungen aus ihrer Traumwelt und sind besorgt darüber, dass sie die Gedanken ihres Freundes Budhasan noch nicht in ihrer geistigen Nähe fühlen kann. Soweit, jedenfalls nach kosmischen Entfernungsmaßen, ist ja mein Heimatplanet Venus vom Planeten Trampton, auf dem ich mich gerade mit dem Geistwesen „ES" aufhalte, nicht entfernt?!

„Warum belastest du deine Gedanken, liebe Estrie? Budhasan ist auf dem Weg zu uns. Ich bin fest überzeugt davon, dass wir bald seine Ankunft hier auf dem Planeten Trampton spüren werden."
„Danke „ES". Ich freue mich über dein Erwachen und über deine

beruhigenden Worte. Wollen wir bereits mit unserer Diskussion fortfahren, oder Budhasans Erscheinen abwarten. Was meinst du dazu?"

„Soweit ich mich erinnere, liebe Estrie, war es unsere Absicht, einmal über das Leben eines Planeten, in unserem Fall des Planeten Erde, zu diskutieren. Dafür wäre es allerdings notwendig, dass wir uns mit seiner Geburt und mit seiner physischen Entfaltung mental beschäftigen. Letztlich ist so eine Entwicklung ja notwendig - nicht nur aber auch – damit sich pflanzliches und tierisches Leben überhaupt ausbilden kann. Die Herausbildung und Entfaltung von denkenden körperlichen Lebewesen der höheren geistigen Ordnung kann ein Geschenk zur Freude der gebärenden Mutter Erde und für seine Lebewesen sein – die Betonung läge am Beispiel der Erde auf dem kleinen Wörtchen „kann". Oder, auch das wäre nicht gänzlich auszuschließen, sich in letzter Konsequenz das „Grauen" über die gesamte Erdoberfläche ausbreitet, was diesen Planeten Erde und seinen Lebewesen große Schmerzen zufügen würde. Möglicherweise könnte das dazu führen, dass der Wunsch sterben zu dürfen eine Erlösung wäre, weil ein entsetzlich grauenhaft anmutender Schauer sich aufmachen könnte, die Leidenden auf den Planeten Erde in seine Arme zu nehmen.

Wir sollten die Entwicklung auf der Erde gemeinsam etwas näher untersuchen. Was bewegt die denkenden körperlichen Lebewesen der höheren geistigen Ordnung, also die Menschen, sich so ungestüm und teilweise fernab jeglicher Vernunft - losgelöst von der Logik, als die Wissenschaft des folgerichtigen Denkens, der Ethik, als die Wissenschaft des rechten Handelns und der Metaphysik, als die Wissenschaft der ersten Gründe des Seins und der Wirklichkeit sich derart verachtend und rücksichtslos gegen die eigene Art zu verhalten? Jedenfalls in der überwiegenden Mehrheit seiner Bevölkerung? Was meinst du dazu, liebe Estrie?" „Eigentlich passen solche extrem lebensfremden Verhaltensweisen nicht zu der Rasse der denkenden körperlichen Lebewesen der höheren geistigen Ordnung, zu der die Menschen ja auch gehören. Hier, im gegebenen Fall, liegen die in Betracht kommenden Ursachen in der vielfältigen Form der sich bietenden materiellen Welt, in der diese Bevölkerung auf der Erde seit geraumer Zeit lebt – möglicherweise?!

Dazu hätte ich eine Idee, „ES", - zugegeben etwas sonderlich, aber interessant. Denke ich jedenfalls! Was hälst du davon, "ES", wenn wir diesem wunderbaren, blauschimmernden Planeten eine „mentale Stimme" einräumen. Seine Meinung wäre nicht so unbedeutend. Schließlich sind diese Menschen auf seiner Oberfläche seine Kinder." „Eine sehr gute Idee, „liebe Estrie"! Lassen wir die Erde bei unserer gemeinsamen Diskussion mit zu Wort kommen."

„Hallo Erde, kannst du uns hören und verstehen?" Eine geraume Zeit ist bereits vergangen, als sich zaghaft eine leise Stimme im Bewusstsein von „ES" und Estrie meldet.

Ein Wunder geschieht auf meiner Erde. Muss dieser wunderbare blauschimmernde Planet denken. Auf meiner Oberfläche, auf der sich ständig die geheimnisvollsten und zum Teil unerklärlichsten Ereignisse vollziehen, damit sich das Leben, also die Pflanzen- und die Tierwelt herausbilden kann, fühle ich plötzlich unbekannte Gedanken die mich suchen mich, einen Planeten. Wer sollte das sein? Ach was soll die ganze Grübelei - wenn ich schon gedanklich gefragt werde, antworte ich auch.

„Wer ruft mich und was kann ich tun, um gedanklich bei euch zu sein?"

Eine gute Frage von so einem prächtig aussehenden Planeten. „Hallo, liebe Erde! Estrie – ein Geistwesen vom Planeten Venus und ich – du kannst „ES" zu mir sagen - bin ebenfalls ein Geistwesen aus dem Universum der Liebe und der Vernunft, beabsichtigen in unseren gemeinsamen Gesprächen über das Leben der Erde zu diskutieren. Angeregt von deinem Nachbarplaneten, der Venus, deren Bewohner - sie nannten sich Venusianer - es fertig brachten, die bewohn- und nutzbare Oberfläche ihres Planeten mit samt seiner Pflanzen und Tierwelt, sie selbst mit eingeschlossen, in einer relativ kurzen kosmischen Zeit zu vernichten, wollen wir einen Blick auf den blauen Planeten Erde und seine Entwicklung werfen.

Wie Estrie und ich unlängst feststellten, ist das materielle Leben dieser Spezies Mensch bereits bemerkenswert aktiv geworden und die ersten Anzeichen eines beginnenden Vernichtungsprozesses ihrer eigenen Art sind mehr als deutlich erkennbar. Das einmal näher in Augenschein zu nehmen, soll der Zweck unseres Gedankenaustausches sein." „Ich kann dem nur zustimmen, „ES". Solltest du, liebe Mutter Erde, Interesse daran haben dich an unserem Diskurs zu beteiligen, wäre das eine fruchtbare Bereicherung für uns. Was hälst du von meinem Vorschlag?" „Sehr gern, liebe Estrie. Ich denke, ich kann dazu bestimmt einiges Interessantes beitragen. Was hälst du, „ES", und auch du Estrie davon, wenn ich mit meiner Geburt beginne und ich euch erzählen kann, wie sich das Leben in seiner vielfältigen Form auf meiner Oberfläche entwickelte? Ich meine bis zum jetzigen Zeitpunkt." „Was mich betrifft, ich wäre damit einverstanden! Was hältst du davon, liebe Estrie?" „Ich schließe mich an. Bin doch mehr als nur neugierig darauf, ob es möglicherweise gewisse Parallelen in der Entwicklung dieser Spezies Mensch zu uns Venusianern geben könnte. Also, liebe Mutter Erde, wenn du möchtest, du findest bei mir und bestimmt auch bei „ES", einen sehr offenen und wissensdurstigen Geist."

„Danke für euer Interesse. Ehrlich gesagt, ich freue mich auf diese Unterhaltung. Es ist überhaupt das erste Mal, dass ich von Geistwesen persönlich angesprochen wurde. Das allein ist ja schon ein kleines Wunder für mich. Wenn ihr einverstanden seid, beginne ich mit meiner Geburt. Oder soll ich sie zeitlich überspringen - was meint ihr dazu?" „Nein, nein liebe Mutter Erde, die Geburt deiner wunderschönen „Kuller", wenn ich das mal so salopp sagen darf, ist doch die Voraussetzung für alles weitere was folgen soll." „Stimmt auch wieder. Lasst euch entspannt nieder, meine Geburt nahm eine ziemlich lange Zeit in Anspruch." „Keine Sorge, liebe Mutter Erde, wir hören dir aufmerksam zu."

Wie und ab welchem Zeitpunkt meiner Geburt soll ich beginnen? Von meinen Kindern auf der Erdoberfläche, den Menschen, weiß ich, dass der Geburtsvorgang eines Babys, so nennen sie die ganz Kleinen die eben auf die Welt kommen, der gebärenden Mutter wohl heftige Schmerzen bereiten würden. Bei meinem „physikalischen Geburtsakt" spürte ich so etwas wie eine allmächtige gewaltige Kraft um mich herum, und kann sie nur schwer beschreiben. Jeden Augenblick, so empfand ich zu dieser Zeit, jedenfalls in meiner Geburtssituation, werde ich vielleicht davon geschleudert. Immerfort musste ich darüber nachdenken, ob das alles wegen mir geschieht? Oder ist da etwas in Bewegung geraten, von dem ich nur ein winziger kleiner Teil sei?

Das einzige, was ich wirklich fühlte, war eine bedrückende Enge, wirklich! Ich konnte mich kaum bewegen. Die unglaublich heißen Temperaturen, die mich fast an den Rand der Verzweiflung brachten, wurden immer unerträglicher. Es fehlte nicht mehr viel, und ich würde vielleicht verbrennen müssen. Ich wollte aber nicht im Universum verglühen – bestimmt nicht! Da hätte ich mir ja meine „Geburtswehen" gleich sparen können. Leben wollte ich – natürlich, was sonst!!

Mühsam überlegte ich, und das bei der Hitze – wie ich wohl am schnellsten, und für mich am ungefährlichsten von meinem Geburtsort wegkommen könnte?! Und so möglich, auch sehr weit weg von diesem unheimlichen Ort – von wegen Geburtsidylle.

Aus mir völlig unerklärlichen Gründen begann ich mich nach und nach um mich selbst zu drehen. Ich hatte nicht die blasseste Erklärung dafür, für was das eigentlich gut sein sollte und was sich möglicherweise daraus entwickeln könnte – oder, unter gewissen Umständen, vielleicht sogar so sein sollte.

Was sollte denn das nun wieder werden? Und überhaupt – irgendwie hatte ich das Gefühl, immer schwerer zu werden. Noch vor kur-zer Zeit kam es mir so vor, als schwebe ich wie ein leichter Nebel durch das Universum. Je weiter ich allerdings zog, umso mehr verspürte ich das Gefühl, dass mich mein zunehmendes Gewicht erdrücken könnte. Wirklich, das ist kein Spaß. Ich habe das wirklich so empfunden.

Nach und nach empfand ich die Temperaturen nicht mehr ganz so heiß um mich herum. Hoffentlich, so dachte ich wenigstens in solchen Momenten, finde ich bei dem ganzen Durcheinander ein ruhiges Fleckchen im riesigen Universum, an dem ich in aller Besinnlichkeit und Gelassenheit meine Bahn ziehen würde. Ein paar warme Strahlen, und keine Hitzewellen auf meiner zarten Außenhaut könnten dabei auch nichts schaden. Natürlich wollte ich auch noch den ganzen Geburtenstaub loskriegen, sonst würde wohl nichts mit molliger Gemütlichkeit auf meiner Oberfläche werden. Dabei half mir eine glänzende Idee. Ich näherte mich mit langsamen Bewegungen diesen riesigen magnetischen Feldern, die mir dank ihrer großen energetischen Kräfte, beim Vorbeigleiten meiner schönen Kuller, den staubigen Dreck von meinem gutaussehenden Körper regelrecht absaugten. Vermutlich war mein „Staub" so eine Art „Nahrung" für solche Magnetfelder – ich weiß es nicht. Ehrlich gesagt, es war mir in dieser Zeit auch egal. Hauptsache ich erstrahlte im Glanz meiner schönen Außenhaut, ohne dem dunklen kosmischen Staub, der nur alles von mir zu verdecken schien. Wie sehe ich denn sonst aus – eingehüllt in lauter grauer und schmutziger Luft – also, da kann ich echt drauf verzichten. Außerdem war ich mir nicht ganz sicher darin, ob diese Staubmasse nicht auch erheblichen Einfluss auf die Entwicklung von Lebewesen haben könnte.

Nach diesen Reinigungsprozess verging eine ziemlich lange kosmische Zeit, als mir plötzlich bewusst wurde, dass mich eine unerklärliche, geheimnisvoll erscheinende energetische Kraft zu einem winzigen Lichtfleck zog der, je näher ich kam, ständig an Leuchtkraft zunahm. Sah er am Anfang so aus wie ein kleiner winziger Punkt im dunklen Universum, wurde die kleine Kugel, und eine Kugel war es, immer größer und größer. Furchtsam überlegte ich dass, wenn ich weiter so darauf zurasen sollte, ich möglicherweise mit diesem Feuerball einen heftigen Zusammenprall erleben könnte. Na, na – irgendwo sollte doch mein „Schöpfer" sein, der das verhindern könnte. Diese und ähnliche Gedanken dazu ließen mich einfach nicht mehr los – verständlicherweise.

Ich schrie meine Hilferufe in das weite Universum hinaus in der Hoffnung, dass sie gehört werden. Als Geistwesen werdet ihr mein Verhalten vermutlich nicht verstehen können, liebe Estrie und auch du „ES", ihr lebt ja ewig. Meine Lebensdauer ist begrenzt. Ich werde geboren und muss nach Ablauf meiner Lebensspanne sterben. Soviel weiß ich! Also interessiert mich natürlich schon, wie lange meine mir zugewiesene Lebensspanne sein würde.

Ihr werdet das vermutlich nicht für möglich halten, liebe Estrie und du „ES". Kaum waren meine Hilferufe im Universum verhallt, meldete sich in meinem Planetenbewusstsein eine leise Stimme, die mich beruhigte und mir die Vorgänge, die mit mir passierten, erklärte. So ich mich erinnere, meinte diese „Stimme" - wer immer das auch gewesen sein mag – „Natürlich sehe ich das, was dich so in Erschrecken versetzt. – Natürlich! So eine große Feuerkugel ist ja nicht zu übersehen. Solche hellen, runden Körper nennt man im Universum Sonnen." Unbefangen fragte ich diese „Stimme" sofort, ob sie für das, was so alles im Universum geschieht verantwortlich sei? Eine Antwort bekam ich auf meine Frage jedenfalls nicht. Die Stimme meinte nur, ich könnte mich jederzeit, sollte ich eine wichtige Frage haben, an sie wenden. Nebenbei erwähnte sie noch, dass ich, also meine kleine liebevolle Kuller, den Namen Erde erhalten habe. Als ich etwas zaghaft fragte, wer mir diesen schönen Namen verpasst hat – Schweigen. Stattdessen meinte sie noch, dass die große gelbe Sonne und ich nicht allein in diesem kosmischen Raum wären. In meiner Nähe befänden sich noch mehr solche „Kullern" wie ich – insgesamt wären wir sieben an der Zahl. Drei Geschwister, so nannte die „Stimme" die anderen Planeten, leben ebenfalls in der Nähe der Sonne. Es gäbe zwar auch noch vier andere Planeten, aber deren „Wohngebiete" seien sehr weit weg von mir und meinen anderen drei Geschwistern. Sie wären in ihrer Art auch völlig anders als wir „Vier".

Als ich die „Stimme" fragte, wieso es zu solchen krassen Unterschieden kommen würde, meinte sie – „Es werden Planeten geboren, die mögen es schön warm, so wie du. Und dann gibt es Planeten die brauchen, um existieren zu können, einen großen kühlen Raum, und mit der Wärme haben sie es nicht so. In deiner Nähe leben die Planeten Mars, Merkur und Venus." „Dann bin ich mit der lieben Sonne ja nicht so allein." „Nein, das bist du nicht! Die Venus, die ganz in deiner Nähe ihre Bahn zieht, ist fast so gut gebaut wie du." Es wäre kein Schaden, meinte wieder diese Stimme, wenn ich mich mit ihr näher anfreunden würde.

Nicht weit entfernt von mir lebt der Planet Mars. Er wäre wohl in seiner Art etwas ruppig, aber sonst ganz zugängig. Der Planet Merkur, also die vierte Kuller in unserem Bunde, wäre wohl so ein richtiger Eigenbrötler. Fragt mich mal, was das sein soll? „Danke, liebe „kosmische Stimme", wenn ich dich so nennen darf, jetzt kenne ich wenigstens meine Planetenfamilie, und an der Sonne bin ich auch vorbei. Möchte mich mit ihr wirklich nicht anlegen. So groß wie sie ist, bleibt es bestimmt nicht nur bei kleinen Beulen auf meiner hübschen Kuller." Ich sollte darauf achten, meinte die „kosmische Stimme", dass mein Abstand zu ihr so ist, dass ich keinen Schaden nehmen würde. Es wird in weiter Zukunft die Zeit kommen, wo du in sie eingehen wirst, das dauert aber noch sehr, sehr lang. „Hast du noch Fragen?" „Nein, und danke für deine liebevolle Hilfe!" Wenige Augenblicke später war die leise „kosmische Stimme" aus meinem Denkbereich verschwunden!

Kaum war ich allein, spürte ich wie meine Bewegungen langsamer wurden. Ich wollte nicht wieder zurück, wo ich herkam, und war ja heilfroh, dass ich diesen Glutball von einer Sonne hinter mich gelassen hatte. Um es kurz zu sagen – ich raste nicht mehr an der Sonne ständig vorbei, sondern ließ mich von ihr einfangen, und drehte mich schön behutsam um mich selbst, und um die helle Sonne herum. Damit bekam ja jeder Fleck auf meinem Körper regelmäßig Wärme und Licht ab, nicht übel! Fragt mich mal, ihr lieben Geistwesen, wie das geklappt hat, ich weiß es nicht. Die „kosmische Stimme"? Klar, die weiß das natürlich. Hätte mir ruhig einen Tipp geben können. So, wie das alles ablief, bin ich heute eigentlich ganz froh darüber. Zu schnell bin ich nicht, sonst fliege ich ja wieder von ihr weg, aber auch nicht zu langsam, damit ich nicht mit ihr zusammenpralle.

„Seid ihr des Zuhörens schon müde, oder kann ich euch einiges aus meiner Kindheit und der Geburt meiner Kinder – ihr nennt sie ja Menschen - erzählen?" „Liebe Mutter Erde, lass dich bitte nicht geistig bremsen. Estrie und ich - wir hören dir gern zu."

Die Spezies Mensch erwacht

Nicht selten kann man vernehmen, dass das einzelne denkende Lebewesen der höheren geistigen Ordnung nichts Nachhaltiges gestalten und ausrichten kann, so es aus tiefster Überzeugung und ohne fremden verbalem oder nonverbalem Einfluss geschehen würde. Das Gegenteil ist wahr! Von der unerschütterlichen Grundeinstellung und vom Wirken des Einzelnen wird es abhängig sein, wie heute und morgen unsere Welt aussehen wird.

Dietmar Dressel

Behutsam begann ich mich daran zu gewöhnen, dass ich ein Mitglied im materiellen Universum mit seinen unendlich vielen Planeten und Sonnen geworden bin. Natürlich werde ich irgendwann einmal sterben müssen, aber – so denke ich, auch auf eine mir rätselhafte Weise wieder geboren werden und ein Teil, zugegeben ein sehr winziger Teil, in der kosmischen Welt sein.

Apropos kosmische Welt. Ich hatte zur Zeit meines Entstehens noch keine Vorstellung von der grenzenlosen Weite des Universums. Auch jetzt fällt es mir schwer, eine reale Vorstellung darüber zu erfassen.

„ Liebe Mutter Erde, wenn du magst, würde ich dir gern helfen etwas mehr darüber zu erfahren." „Danke, „ES", und so du magst, kannst du gleich damit anfangen. Oder willst du, liebe Estrie, das übernehmen." „Nein, nein „ES", lass dich von mir nicht aufhalten." „Also gut, liebe Mutter Erde, dann werde ich mich bemühen, dir das verständlich zu erklären."

Das wir Geistwesen nicht die Beherrscher des materiellen Universums sind, kannst du dir sicherlich denken. Unsere Heimat ist ein geistig, energetisches Universum. Materie, gleich in welcher Form, gibt es bei uns nicht. Darüber können wir ein andermal sprechen. Was dir noch unbekannt sein wird ist, dass das materielle Universum in unserem geistigen Universum eingebettet ist. Das bedeutet, dass nur im materiellen Universum, in dem auch du als Planet Erde deine Heimat hast, sich Leben in all seiner Vielfalt herausbilden kann. Dazu gehören natürlich auch denkende körperliche Lebewesen der höheren geistigen Ordnung, wie die Menschen auf deiner Oberfläche, die bereits die ersten selbständigen Schritte ihres Lebens gehen und den aufrechten körperlichen Gang schon ganz gut beherrschen. Im Laufe der Entwicklung wird sich zeigen, ob die gewaltigen Kräfte der Gier und des Hasses die Oberhand gewinnen werden, oder die Kraft der Liebe und der Vernunft stärker sein wird.

Die Gier und der Hass sind die giftigsten Gifte, die man sich im materiellen Universum überhaupt vorstellen kann. Sie sind der Nährboden und die Triebfeder für die schlimmsten Untaten die es gibt.

Stell dir solche körperlich denkenden Lebewesen der höheren geistigen Ordnung, sowie deine Menschen vor. Sie müssen essen, trinken, schlafen und vermehren wollen sie sich ja auch. Und bei diesen Handlungen wollen sie immer mehr haben, obwohl es auch so reichen würde. Zum Beispiel - um gemütlich zu schlafen, angenehm und ausreichend zu essen und viel zu trinken, bauen sie sich unterschiedliche, so genannte Wohngebäude und richten sich darin häuslich ein. So weit so gut. Leider bleibt es nicht dabei. Haben sie das eine Haus fertig, wollen sie noch mehr davon. Können sie das aus eigener Kraft, und mit eigenen Mitteln nicht bewerkstelligen, nehmen sie ohne viel Federlesens, anderen, also ihren Artgenossen das, was sie unbedingt selbst haben wollen weg! Dabei stehlen sie nicht nur, sondern wenden Gewalt an, oder bringen die, denen das „Andere" gehört, kurzerhand um. Sie töten skrupellos ihre eigene Art, nicht weil sie sonst sterben müssten, sondern nur, weil sie immer mehr besitzen wollen, was sie eigentlich überhaupt nicht für ihr Leben benötigen. Klar ist, dass die, denen etwas weggenommen wird, das nicht besonders lustig finden, und sich mit Gewalt dagegen zur Wehr setzen.

„Entschuldige bitte, „ES", dass ich dich unterbreche. Soweit ich das bei den Menschen auf meiner Oberfläche erkennen konnte und kann, ist ihre Lebensspanne sehr kurz. Jedenfalls wenn ich sie mit kosmischen Maßstäben messe. Warum und wieso beenden sie gewaltsam ihr kurzes Leben, bevor sie alt sind und ihre Lebensspanne zu Ende ist. Ich kann das nicht verstehen - wirklich nicht!" „Ich möchte dir diesbezüglich nicht widersprechen wollen, liebe Mutter Erde. Natürlich ist es ohne Sinn und Verstand, wenn sich wegen irgendwelchen materiellen Sachen die Menschen, um auf deinen Planeten zu bleiben, sich gegenseitig töten oder sich sehr schmerzhafte körperliche Schäden zufügen. Leider achten nicht alle auf solche realen Empfindungen der Vernunft." „Na, dann ist solchen Wesen wirklich nicht zu helfen, "ES"! „So ist das, liebe Mutter Erde! Und so schlachten sich diese denkenden körperlichen Lebewesen der höheren geistigen Ordnung von der Spezies Mensch sich gegenseitig ab und fügen sich furchtbares Leid zu." „Ja gut – und wie ist das mit der Liebe, „ES"? „Die Liebe ist die Kraft, die sich bemüht, sich dieser brutalen Abartigkeit entgegen zu stellen. Die Liebe, ist im ganzen Universum die stärkste Kraft die es gibt, die eine Zuneigung zwischen dieser Spezies entwickeln kann, die unzertrennlich ist und nicht davon abhängt, ob sie in gleicher Weise auch erwidert wird. Sie bestimmt das Verhalten dieser Wesen ganz erheblich und vor allem nachhaltig."

„So richtig verdaut habe ich das noch nicht. Aber gut, zumindest kann ich mir jetzt was darunter vorstellen. Für den Anfang muss das erstmal reichen. Und wie ist das mit der Vernunft, „ES"? „Mit der Vernunft verbinden wir Geistwesen die Fähigkeit der körperlich denkenden Lebewesen der höheren geistigen Ordnung, deine

Menschen auf der Erde gehören auch dazu, aus dem in ihrem Verstand erfassten Erfahrungen und Beobachtungen kosmische Zusammenhänge herzustellen, deren Bedeutung zu erkennen, daraus Regeln und Prinzipen zu entwickeln und danach so zu handeln, damit sie sich möglichst gegenseitig keinen Schaden zufügen sollten." „Lass gut sein, "ES", ich dachte, das Thema wird hoffentlich nicht so schwer sein. Wir können uns ja mal später darüber unterhalten, wenn sich die Menschen auf meiner Oberfläche weiter entwickelt haben sollten. Ich werde ja erleben, was sie alles so mit sich selbst und mit der ihnen zu Füßen liegenden Pflanzen- und Tierwelt alles so anstellen."

„Gut, liebe Mutter Erde, lassen wir es bei dem bewenden, was du bis jetzt von mir erfahren hast. Wieder zurück zur Unendlichkeit." „Ich ahne schon, dass das kein leichtes Thema sein wird. Könnten wir uns nicht über die schönen bunten Wälder unterhalten, die auf meiner Oberfläche so prächtig gedeihen?" „Vielleicht später einmal, liebe Mutter Erde. Jetzt möchte ich dir gern dieses schwierige Thema leicht verständlich etwas näher bringen."

Stell dir vor, du fliegst und fliegst, und es wird immer dunkler um dich herum – bis du überhaupt nichts mehr sehen und wahrnehmen kannst. Wie solltest du in der Dunkelheit erkennen oder spüren können, ob du möglicherweise schon am Ende bist?" „Ja, schön und gut, „ES". Ich könnte ja einfach weiter fliegen, dann sehe ich zwar das Ende nicht, aber ich fliege, und die Zeit vergeht auch." „Ach ja, die Zeit. Das ist ein passendes Stichwort zum Thema Unendlichkeit, liebe Mutter Erde." „Wie kommst du darauf, „ES"?!" „Na, überall und um uns herum, jedenfalls im materiellen Universum benötigen wir die Zeit." „Wieso brauche ich sie? Ich kann sie nicht ansehen oder anfassen. Ich weiß nicht wie sie aussieht – also, ich kann darauf gut und gern verzichten." „Na ganz so einfach ist das nicht, liebe Mutter Erde. Du willst doch bestimmt wissen, was gestern und heute sich alles auf deinem Planeten so abspielte und geschieht, oder einmal hier in deiner Nähe vor sich gehen könnte?" „Natürlich möchte ich das wissen wollen, „ES"!" „Es würde mich schon sehr wundern, wenn es nicht so an dem wäre, liebe Mutter Erde, oder bei den vielen Planetenwesen deiner Art im Universum. Wieder zurück zur Unendlichkeit. Sie benötigt dieses Wissen darüber, was geschehen ist, oder geschehen könnte nicht. Die Unendlichkeit ist das Ende der Vergangenheit und das Ende der Zukunft. Für die Unendlichkeit existiert nur das „Jetzt", und da ist die Zeit überflüssig." „Wieso brauche ich sie da nicht, „ES"!?" „Weil die Zeit nur darstellbar ist, wenn es eine Differenz gibt – also zum Beispiel die Zeitgröße zwischen Vergangenheit und der Zukunft. Die Unendlichkeit ist ewig! Und warum? Weil sie wirklich „Ist".

So, jetzt aber Schluss mit diesem Thema. Du willst uns doch sicherlich erzählen, was sich auf deiner Oberfläche bereits entwickelt hat und sich möglicherweise noch entwickeln könnte." „Gute Idee, „ES", das zu erzählen wird mir leicht fallen und für dich und Estrie auch interessant sein. Vielleicht nicht ganz so wissenschaftlich wie das Thema Unendlichkeit, aber dafür vielleicht umso fesselnder."

Beginnen möchte ich damit, als es auf meiner gesamten Oberfläche noch ziemlich heftig brodelte – vorsichtig formuliert, ohne mich zu fragen, ob ich das überhaupt gut finden würde.

Wie ich bereits weiß, existiert das materielle Universum zu einem großen Teil natürlich aus Materie in seiner vielfältigsten Form. Allerdings ist die Ursubstanz der Materie nicht immer so groß wie ich als Planet Erde, sondern sehr unterschiedlich in ihrer Größe und Dichte aufgebaut. Manche Materieansammlungen sind mächtig, und einige wiederum sind winzige kleine materielle Bausteine, die in besonderer Weise für die Entstehung von Materie wichtig sind. Es sind ja die kleinsten Teilchen der Materie, die das alles schaffen, und nicht die schweren Brocken. Die großen Planeten, so wie ich, benötigen diese kleinen Teilchen, um geboren zu werden, sich zu entwickeln und für die Zeit ihrer Lebensspanne ihre Existenz zu ermöglichen.

Wenn dann alle erforderlichen, biologischen, chemischen und physikalischen Bedingungen eintreten, entwickelt sich möglicherweise aus den kleinen materiellen Bausteinen, und aus den Bausteinen des Lebens ganz einfache Lebewesen, die sich so organisieren, dass eines des anderen Lebenspartner sein kann. Damit möchte ich sagen, dass das, was die einen nicht brauchen und ausscheiden, für die anderen Lebewesen eine wichtige Lebensgrundlage sein kann, oder sie ergänzen sich bei der Fortpflanzung.

Im geistigen Universum entsteht kein Leben im materiellen Sinne denkend. Wir hatten das ja schon mal kurz angesprochen. In diesem Universum existieren und leben ja die geistigen Lebewesen, so wie du „ES" und du liebe Estrie. In diesem Universum geschehen keine gewaltigen Explosionen und große materielle Veränderungen.

Wenn sich das Leben in seiner Gesamtheit auf meinem Körper und auf den vielen anderen bewohnbaren Planeten bemüht sich selbst zu erkennen, wird es, soviel weiß ich, von der geistigen Energie eures Universums berührt. Dadurch haben diese sich herausbildenden Lebewesen die Möglichkeit, nicht nur sich selbst zu erkennen, sondern jetzt kann sich jedes einzelne denkende körperliche Lebewesen der höheren geistigen Ordnung für sich selbst entscheiden, wie es auf einem Planeten, auf dem es existiert, leben möchte. Bindet es sich ein in die Umwelt die sie umgibt, oder führt es ein Leben nach eigenem Ermessen. Beides ist möglich, und beide Entwicklungen bestimmen wohl ganz entscheidend die Existenz eures Universums. Oder beurteile ich das falsch „ES"? „Nein, liebe Mutter Erde, das tust du nicht. Ich meine, wir sollten uns dieses nicht einfache Thema für einen späteren Zeitpunkt aufheben." „Einverstanden, „ES". Also, wie wird es auf meiner Oberfläche weitergehen? Ich hoffe du, „ES" und auch du Estrie, seid noch nicht müde?" „Keine Spur liebe Mutter Erde. Dann lass dich bitte nicht von uns aufhalten." „Gut Estrie, wenn du das so sagst, dann tue ich das."

Wie ihr ja bereits wisst, haben sich auf meiner Planetenoberfläche große Wasser- und Landmassen gebildet. Die Tages- und Nachttemperatur haben sich für die Entwicklung des Lebens optimal eingependelt und die Atmosphäre, die sich in letzter Zeit bildete, schützt meine Außenhaut vor schädlichen energetischen Einflüssen, die aus dem kosmischen Umfeld auf meinen Planeten einwirken.

Einfaches pflanzliches Leben beginnt sich bereits zu entfalten, so dass die Voraussetzung für das Entstehen von tierischem Leben möglich erscheint. Alles in allem, sind das gute Grundlagen, damit sich aus den bereits herangebildeten Lebewesen der verschiedenen Arten, möglicherweise auch denkendes körperliches Leben der höheren geistigen Ordnung entwickeln kann.

„Entschuldige bitte die kleine Zwischenfrage, liebe Mutter Erde. Was macht dich so sicher, dass sich auf deiner Oberfläche eventuell auch körperlich denkende Lebewesen der höheren geistigen Ordnung herausbilden könnten? Ich meine, diese Zweibeiner mit dem aufrechten Gang, von denen du hie und da sprichst, wenn du diese denkenden Lebewesen im Sinn hast." „Es ist schon richtig was du sagst. Ja – was macht mich da so sicher?! Ich will versuchen, das auf meine Art zu erklären."

Notwendig sind dafür, um diese Lebensform entstehen zu lassen, bestimmte und sehr aktive physikalische und chemische Weiterentwicklungen der bis jetzt entstandenen Lebensformen auf mei ner Oberfläche. Wir haben bereits kurz darüber gesprochen. Natürlich sind auch erhebliche biologische Prozesse erforderlich, die auf meinem Planeten bereits im Gange sind. Allerdings, so meine ich, werden sie noch einige Zeit brauchen, um das entstehen zu lassen, was entstehen soll. Ich werde mich wohl diesbezüglich noch in Geduld üben müssen. Solche Entwicklungen habe ich ja, im Gegensatz zu dir „ES" und zu dir Estrie, auf anderen bewohnbaren Planeten nicht verfolgen können. Ich denke, am Ende der Herausbildung des Lebens auf einem bewohnbaren Planeten stehen wohl immer die denkenden körperlichen Lebewesen der höheren geistigen Ordnung.

„Konnte ich damit deine Frage beantworten, "ES"?" „ Danke liebe Mutter Erde, und ich freue mich, dass sich deine Überlegungen in unseren Gedanken wiederfinden. Estrie und auch ich können ja durchaus verstehen, dass du neugierig auf diese Lebewesen bist, ich meine damit die körperlich denkenden Lebewesen der höheren geistigen Ordnung. Du kannst allerdings auch davon ausgehen, dass diese Spezies auch unangenehm werden kann, und deinem Planeten ganz erheblichen Schaden zufügen könnte. Vermutlich, sollte es so kommen, würde dir das nicht besonders gefallen. Sie entwickeln zeitweise einen Tatendrang, aus welchen Gründen auch immer - vermutlich ist es die Gier nach einem immer besseren, materiellen Leben, und der überspannte, zum Teil schon krankhafte Ehrgeiz, alles besser wissen zu wollen, als die Weisheit der Schöpfung es offenbart, dass sie zu risikoreichen Experimenten ver leitet, die ihnen auf Dauer bestimmt nicht gut bekommen werden, und zum Teil auch für die Oberfläche deines wunderbaren Planeten nicht besonders vorteilhaft wären. Aber - noch ist das nicht so-weit, und so schlimm, wie ich das gerade meinte, muß es ja nicht kommen.

„Danke, „ES"! Sag mal, entwickeln solche Zweibeiner dieser Spezies auf allen bewohnbaren Planeten, auf denen sie leben können, so einen Tatendrang, wie du das eben erzähltest? Und kommt der aus ihren Beinen, weil du sie hie und da auch Zweibeiner nennst?" „Bei manch einem von dieser Art könnte man das tatsächlich annehmen – aber nein, ganz so schlimm ist das mit ihnen nicht. Sie besitzen einen Körper, der wird von den Beinen getragen und bewegt, und am oberen Teil des Körpers ist der Kopf angewachsen. So nennt man ihn bei dieser Art Lebewesen." „Was soll ich unter einen Kopf verstehen "ES"?" „Stell dir eine kleine runde Kuller vor, die oberhalb des Körpers ihren Platz hat. Oben auf dem Kopf sind meistens Haare, so nennen diese Lebewesen dieses struppige Fell jedenfalls. Vermutlich muss das so sein, damit es im Innenraum des Kopfes nicht zu kalt oder zu warm wird. Möglicherweise wollen sie damit nur anders aussehen, so vermute ich mal - wer weiß das schon so genau. Auch die Sinnesorgane sind am und im Kopf untergebracht."

„Was sind Sinnesorgane, „ES"?" „Diese Lebewesen brauchen solche Körperorgane, damit sie ihre Umwelt sehen, hören und fühlen können. Auch zu ihrer Verständigung, also wenn sie sich miteinander unterhalten wollen, brauchen sie Ohren zum Hören und einen Mund, damit sie sprechen können. Du, als Planet, willst ja vieles wahrnehmen, was alles um dich herum und in deinem Inneren geschieht. Stell dir vor, wir beide könnten unsere Gedanken nicht austauschen." „Schreck lass nach, "ES", das wäre ja furchtbar. Ich könnte nicht nach dir und nach Estrie rufen, und ihr würdet mich nicht hören können, na danke!" „Liebe Mutter Erde, für alle denkenden Lebewesen, ob sie nun aus Materie bestehen, oder ob sie, so wie Estrie und ich, auf geistig energetischer Ebene existieren ist es wichtig, dass wir alles, und zu jeder Zeit erkennen können, was um uns herum geschieht und das uns auch mitteilen können, sonst wäre ja das Denken überflüssig."

„Aha – verstehe! Dann ist wohl der Kopf, und das was drinnen ist, der geistige Raum für die Vernunft und das Denken." „So sollte es sein, liebe Mutter Erde. Der Kopf ist bei diesen denkenden körperlichen Lebewesen der höheren geistigen Ordnung der wichtigste Körperteil, oder sollte es wenigstens sein. Lass dir ein Beispiel erzählen, bei dem diese Spezies ihren Kopf für alles gebrauchten, nur nicht zum vernünftigen Denken."

Sehr weit entfernt von deinem Planeten, in der Andromeda Galaxis, in der Nähe einer wunderbaren gelben Sonne, kreiste ein relativ kleiner Planet um sie herum. Es war auch so eine schöne lebendige Kuller, mit einer üppig grünenden Oberfläche, so wie bei dir.

Es entwickelten sich auf ihm natürlich auch die Zweibeiner. Wie du ja weißt, meine ich damit die körperlich denkenden Lebewesen der höheren geistigen Ordnung, die in ihrem zerstörerischen Verhalten nicht zu überbieten waren. Ich habe so einen Zerstörungsfanatismus auf bewohnten Planeten bis heute nur selten beobachten können.

Für sie gab es ausschließlich nur ihr individuelles Leben, und wie sie es ständig verbessern konnten, ohne dabei auf die eigentliche Lebensgrundlage für ihre Existenz, den Planeten mit seiner Pflanzen- und Tierwelt, Rücksicht zu nehmen. Für sie gab es keine wohlbedachte und von der Vernunft getragene Ordnung für ein gemeinsames Miteinander, so wie es die Schöpfung ja auch vorsieht. Für diese Zweibeiner gab es nur sie selbst. Damit ich das nicht vergesse! Selbstverständlich schufen sie sich Götter. Also allmächtige kosmische Figuren, die natürlich alles anordnen und dafür natürlich auch die Verantwortung übernehmen.

Alles was nicht für sie selbst, also diesen Zweibeinern, dienlich war, wurde strikt ausgerottet! Die Ressourcen, die für die gesamte Flora und Fauna notwendig wären, wurden rücksichtslos für die eigene, egoistische Lebensweise ausgebeutet, ohne darauf zu achten, dass sie nachwachsen sollten, um das Gleichgewicht auf den Planeten zu erhalten. Die einfachsten chemischen und physikalischen Gesetze, die das Leben auf den Planeten gewährleisten, wurden missachtet und mit Füßen getreten. Was auf Dauer – verständlicherweise – nicht gut gehen konnte.

„Verstehe „ES"! Daher wohl der Ausdruck - Zweibeiner." „So lustig finde ich das nicht, liebe Mutter Erde." „Entschuldige bitte, "ES", war nur ein kleiner Scherz! Oder besser, sollte einer sein!" „Wäre ja nicht schlecht, liebe Mutter Erde, wenn wir wenigsten darüber lachen könnten. Lass dir weiter erzählen, was diese Zweibeiner noch alles so anstellten."

Das Schlimmste an ihrem abartigen Verhalten war die Tatsache, dass sie über das schädliche Tun, und ihr verschwenderisches Handeln genau Bescheid wussten, die Folgen dafür erkannten und was man unternehmen müsste, um im Einklang mit allem Leben auf dem Planeten gut auszukommen. Wie ein körperlich denkendes Lebewesen der höheren geistigen Ordnung ohne Verstand, rasten sie mit immer schnellerem Tempo auf ihr Ende zu, das sie nicht sehen wollten. Ihnen war natürlich unmissverständlich bewusst, was geschehen würde, sollten sie so weiter leben. Ihr Verhalten änderten sie deswegen in keiner Weise. Ich habe so etwas im Universum nur in wenigen Ausnahmefällen bis jetzt mit ansehen müssen.

Die Folgen ihres schändlichen Tuns waren verheerend. Die Tages- und Nachttemperaturen auf der Planetenoberfläche wurden unerträglich heiß. In ihrer Not experimentierten sie mit den Kräften der Sonne, um den bestehenden Abstand zwischen ihrem Planeten und der Sonne zu vergrößern, damit sich die Oberfläche abkühlen würde. Und tatsächlich! Es gelang ihnen in der Tat, die Entfernung ihres heiß werdenden Planeten zur Sonne zu ihren Gunsten zu verändern. Was ihnen hingegen nicht gelang war, dieses Abtriften von der Sonne zu stoppen. Es war ihnen technisch unmöglich, die dafür erforderliche riesige kinetische Energie aufzubringen, um diese in Gang gesetzte Bewegung, weg von der Sonne, aufzuhalten, oder wenigstens vorerst deutlich zu verlangsamen.

„Was ist mit diesem Planeten und seinen Lebewesen geschehen, „ES"? " „Ihr waghalsiges Unternehmen nahm ein schreckliches Ende. Der Planet löste sich aus der Umlaufbahn zu ihrer Sonne und nahm einen Weg in die Dunkelheit des materiellen Universums. Dabei kollidierte der Planet mit einer großen Sonne. Mit einem furchtbaren, lauten Knall brach er auseinander und die Reste wurden von der Sonne kurzerhand einverleibt." „Wenn ich das richtig verstehen soll, wurde das gesamte Leben dabei ausgelöscht, oder hast du die Zweibeiner retten können?" „Nein – liebe Mutter Erde, das konnte ich nicht!" „Schlimm, „ES", wirklich schlimm!"

„Ähnliches geschah auf einem Planeten in einer anderen Galaxis, du kannst sie von hier aus nicht sehen. Die dort lebenden, Zweibeiner waren auch daran interessiert, immer mehr materielle Güter an sich zu raffen, anstatt mit Vernunft und Liebe ihr Leben zu gestalten." „Was passierte mit diesem Planeten, „ES"?" „Sehr große Eisflächen auf den riesigen Bergen lösten sich durch die immer wärmer werdenden Temperaturen, für die diese Wesen selbst verantwortlich waren, in Wasser auf und verlagerten damit das bestehende Gleichgewicht des Planeten." „Was ist das, Gleichgewicht, „ES"? " „Du spürst doch, liebe Mutter Erde, wie sich dein Körper ganz ruhig und gleichmäßig um sich selbst dreht." „Ja, merke ich." „Durch die Eisschmelze verlagerte sich das Gewicht auf der Oberfläche ganz erheblich, und der Rhythmus der Drehbewegungen veränderte sich und wurde ungleichmäßig mit der Folge, dass sich der Planet nicht von seiner Sonne entfernte, sondern auf sie zuraste. Die Zweibeiner, und auch alle anderen Lebewesen und Pflanzen verloren ihre Lebensgrundlage und ihr Leben. Der Planet büßte seine Existenz ein. Die Sonne bekam einen besonders großen Happen zum Verspeisen und war darüber bestimmt nicht traurig.

Und so könnte ich dir einige Beispiele mehr davon erzählen, bei denen diese Zweibeiner eine ganz wesentliche Schuld für den Untergang von Planeten zu tragen hatten. Ich vermute, dass sich das auch nicht so schnell ändern wird." „Mein ganzes Wesen sträubt sich dagegen zu glauben, dass sich körperlich denkende Lebewesen der höheren geistigen Ordnung so lebensfeindlich verhalten, „ES". Sie haben doch ihren Kopf nicht dafür, dass sie ihre Haare spazieren führen, sondern dafür, dass sie ihr Handeln gründlich überdenken, ob es richtig oder ob es falsch sein könnte." „Das ist schon richtig was du denkst, liebe Mutter Erde. Leider konnte sich die Vernunft und die Liebe nicht durchsetzen und einen positiven Einfluss auf ihr Handeln nehmen. Die Komplizen der Gier ließen sich nicht durch die Kraft der Liebe und der Vernunft verdrängen – leider!"

„Eine ganz andere Frage dazu! Was würden diese Zweibeiner tun, wenn sie, aufgrund der gemachten katastrophalen Erfahrungen, nochmals das Leben auf ihren Planeten zurückgewinnen könnten, „ES"?" „Ja - was würden sie wohl tun – eine gute Frage, liebe Mutter Erde. Ich weiß es nicht! Wirklich, ich habe darauf keine plausible Erklärung. Die Art und Weise, wie diese Zweibeiner manchmal denken und handeln, wird mir wohl ewig ein Rätsel bleiben." „Ich kann das auch nicht verstehen, „ES". Du hast mir einmal gesagt, dass diese Zweibeiner nicht lange leben, also im Verhältnis zu meinem Leben." „Das ist richtig, liebe Mutter Erde." „Da müsste ihnen doch die Vernunft schon sagen, dass sie mit ihrem Leben nicht so leichtfertig umgehen sollten, oder irre ich mich bei solchen Überlegungen? Sie haben dieses Leben auf einen Planeten doch nur einmal, und können es nicht x-beliebig wiederholen." „Liebe Mutter Erde, könntest du mich etwas Leichteres fragen?" Aber gut! Ich werde mich bemühen, dir - möglichst fernab von allen wissenschaftlichen Überlegungen, eine Antwort auf deine grundsätzliche Frage zum Leben dieser Zweibeiner zu geben. Vielleicht kannst du dann besser verstehen, worin die wesentlichen Aufgaben begründet sein könnten, damit diese Zweibeiner ihre Charaktereigenschaften praktisch ausleben können. Oder ist dir noch was unklar?" „Ja – bitte „ES", was sind Charaktereigenschaften und was haben sie mit den Zweibeinern zu tun?" „Oh, entschuldige bitte, liebe Mutter Erde, das sollte ich dir noch schnell erklären."

Charaktereigenschaften bei körperlich denkenden Lebewesen der höheren geistigen Ordnung, spiegeln die von der Schöpfung in den kleinsten Bausteinen des Lebens angelegten Verhaltensstrategien wider, die wie ein Anwendungsprogramm aus dem Ichbewusstsein, das individuelle Erleben, Handeln und Verhalten steuern.

„Entschuldige „ES", so richtig verstehe ich das noch nicht!" „Also gut! Ein Beispiel für so ein „hinsteuerndes" Verhalten, Handeln und Erleben."

Stell dir vor, auf deinem wunderbaren Planeten leben ja solche Zweibeiner, oder etwas genauer, denkende körperliche Lebewesen der höheren geistigen Ordnung. Eine Person von diesen Lebewesen streift durch den Wald, um essbare Pflanzen zu sammeln. Plötzlich hört er ein jämmerliches Wehklagen. Schnell schaut er nach, woher und von wem die Schreie kommen könnten und entdeckt ein kleines Tier, das sich an seinen Beinen verletzte und nicht mehr laufen kann. Er hebt behutsam das verwundete Tier auf und bringt es zu sich nach Hause. Durch die liebevolle Pflege wird das Tier gesund und kann wieder unbeschwert im Wald weiterleben.

„Den Sinn der Handlung verstehe ich schon. Ich denke, das ist ein ganz normales Verhalten dieser Spezies, oder nicht?" „Ist es eben nicht, liebe Mutter Erde! Nur denkende körperliche Lebewesen der höheren geistigen Ordnung, die bewusst fähig sind, das Leid und den Schmerz betroffener Lebewesen gleich welcher Art zu fühlen, werden sich so und nicht anders verhalten." „Ja gut, und was machen die Zweibeiner, die sich nicht so benehmen wollen?" „Die las-sen das leidende Tier liegen, und gehen weiter." „Das ist ja unvernünftig und ohne Gefühl. Es kann doch möglich sein, dass sie auch in so eine schlimme Situation geraten könnten, wo sie vielleicht verletzt am Boden liegen und dringend Hilfe benötigen? Was dann, wenn alle vorbei gehen, und keiner sich um sie kümmern würde?" „Soweit denken solche gefühllosen Lebewesen dieser Spezies nicht. Sie sehen nur sich selbst und alles andere ist ihnen völlig gleichgültig." „Das ist ja widerlich, „ES"! Eigentlich dürfte so ein Verhalten überhaupt nicht vorkommen. Müsste man jedenfalls meinen dürfen." „Es ist aber so, liebe Mutter Erde. Noch ein Beispiel für äußerst unangenehme Wesensarten von einigen dieser Zweibeiner.

Wir nehmen wieder deine liebvolle Kuller, den Planeten Erde als Beispiel. Stell dir vor, viele deiner Zweibeiner auf der Oberfläche leben auf festem Land mit vielen Bergen, Wäldern, Grasflächen und Gewässern. Die Tierwelt auf dem Land und im Wasser ist umfang- und artenreich. Alles, was sie zum Leben brauchen wächst üppig, und ist ausreichend vorhanden.

In weiter Entfernung von ihnen lebt auch eine große Anzahl von Zweibeinern, deren Bodenflächen nicht so ertragreich sind, und viel Arbeit notwendig ist, damit sie ausreichend Nahrung für alle haben. Natürlich laden sich die beiden Lebensgruppen ein, und die, denen es deutlich besser geht, geben auch gern etwas von ihrem Wohlstand ab. Das reicht denen, die sich wesentlich mehr anstrengen müssen und weniger besitzen leider nicht. Sie wollen den gleichen Wohlstand, und möglichst noch mehr als die anderen. Was so nicht möglich ist, weil die ihr fruchtbares Land verständlicherweise nicht verlassen, oder anderen überlassen wollen.

Langsam wandern zielstrebig in die Herzen und in den Kopf der ärmeren Zweibeiner das Miststück Neid und die Missgunst ein. „Was ist denn das nun wieder – Neid und Missgunst, „ES"?" „Das sind zwei ganz üble Charaktereigenschaften bei körperlich denkenden Lebewesen der höheren geistigen Ordnung. Nicht die abscheulichsten von allen Eigenschaften. Allerdings sind sie nicht selten die Vorboten von ganz schlimmen Gesellen dieser Art, und der An-fang zu krassem und grausamen Handeln." „Ach so – verstehe!" „Zurück zu meinem Beispiel."

Die Überlegungen der Zweibeiner konzentrieren sich nicht darauf, ihr Leben auf dem eigenen Grund und Boden zu verbessern, indem sie ihre Bemühungen verstärken und ideenreicher mit dem was sie besitzen umgehen, sondern sie schauen nur noch neidvoll auf die anderen, denen es offensichtlich besser geht. Neid, und sehr viel von dem Gedankengut Missgunst gedeihen in solchen Köpfen der Zweibeiner, die möglichst ohne eigene Arbeit die Früchte anderer ernten wollen, besonders zielstrebig.

Allein schon die Vorstellung, dass es anderen besser geht als ihnen selbst, lässt solche denkenden Lebewesen nicht zur Ruhe kommen. Ihre ganzen Überlegungen konzentrieren sich zunehmend darauf, wie sie in den Besitz von Sachen und die vielen anderen Vorteile, die sie nicht haben herankommen könnten, ohne sich dabei besonders krumm legen zu müssen.

Diese verwerflichen Gedankenspiele, die in ihren runden Kugeln wie böse Geister herumrumoren, und mit immer kräftigeren und aggressiveren Angriffen zum Erfolg kommen wollen, lassen sie jedes vernünftige Denken völlig vergessen. Diese gedanklichen Vorsätze, die ein würdiges Handeln möglich machen würden, werden systematisch und sehr zielstrebig in eine dunkle geistige Kammer eingelagert!

Bis hier her verstehe ich ja alles, aber? Wieso werden sie dabei so aggressiv, nur um das Hab und Gut der anderen Zweibeiner an sich zu raffen, „ES"?"

Die bösartig wühlenden Kräfte des Neides und der Missgunst werden immer stärker und lassen diese Zweibeiner, gemeinsam mit der Gier, die bereits einen nicht mehr wegzudenkenden Platz in ihrem Kopf eingenommen hat, nur noch daran denken, mit welchen Mitteln, Methoden und Handlungen sie sich den Besitz der scheinbar Wohlhabenden schnellstens aneignen könnten. So, und nicht anders laufen solche verachtenswerten und leidvollen Aktionen ab, liebe Mutter Erde.

Ist das Klauen und Morden einmal in Gang gesetzt, ist es nicht mehr aufzuhalten und endet erst, wenn einer von den Kontrahenten zerschlagen und zerschmettert am Boden liegt.

Glaubt nun der Sieger, dass er alles hat was er haben wollte, wachsen bei den Verlierern die Gedanken, wie sie sich das alles wieder zurückholen könnten. Und so geht das Spiel immer weiter, ohne das es jemals einen Sieger geben wird. Hilflos, und ohne jede Unterstützung bleiben bei solchen brutalen Auseinandersetzungen immer die Schwachen, die Kranken und die Kinder der Zweibeiner.

„Schrecklich, „ES" – wirklich schrecklich!" „So ist das – oder wie ich manches Mal zu sagen pflege - und aus die Maus!"

Du verstehst an so einem Beispiel auch, dass sich gewisse Charaktereigenschaften, ob gute oder schlechte, sich nur herausbilden und entwickeln können, wenn sie die erforderliche materielle Umwelt vorfinden. Wie sollte sich auch in einer geistigen Welt jemals ein bösartiges Verhalten entwickeln können? Zum Beispiel - neidisch und missgünstig werden, wenn es nichts außer einer geistigen Welt gibt, in der man weder etwas Materielles besitzen kann, noch die Möglichkeit bestände, anderen etwas wegzunehmen was sie selber nicht haben können. „Danke ES", jetzt habe ich das Wesentlichste verstanden, hoffe ich doch. Die Schöpfung des Universums will ja, dass die beiden riesigen Kräfte, also einfach gesagt, das Gute und das Böse, existieren sollen. Auch wenn es mal hin und her geht, und einmal die eine Seite, und das nächste Mal die andere Seite stärker sein wird. Letztlich gehören sie gemeinsam zu einem „Großen" und „Ganzen". Die kosmische Welt, damit meine ich das materielle und das geistige Universum, sind die Heimat dieser riesigen Kräfte. Entschuldige bitte „ES", hat alles etwas gedauert, bis ich das verstanden habe, aber - ich habe es – und Punkt!" „Sehr gut, liebe Mutter Erde, dann können wir zwei uns wieder um deine liebevolle Kuller kümmern – also, wie geht es weiter auf deiner Erdoberfläche?"

Aus meiner Sichtweite gibt es für deine Zweibeiner, liebe Mutter Erde, einen sehr wichtigen Grundsatz, wenn sie sich selbst und den Planeten Erde auf dem sie leben, keinen Schaden zufügen wollen. Sie sollten in allen Lebenslagen, ob sie nun für bestimmte Zeiten für sie selbst sehr schwierig sein sollten, oder ob es sie dazu drängen könnte, ihr Befinden immer besser und komfortabler zu ge-stalten die Fähigkeiten entwickeln, ihre Umwelt zu schonen. Also dort, wo sie existieren wollen, und wo sie alles umgibt was sie zum Leben brauchen, sollten sie die Ressourcen des Planeten achtsam nutzen und in Liebe und Achtsamkeit mit allen Pflanzen und Lebewesen teilen. Die folgende Zeit wird zeigen, ob sie diesen wichtigen Grundsatz beherzigen werden, oder möglicherweise nicht. Beide Wege stehen ihnen offen und entscheiden werden sie selbst, welchen von beiden sie gehen wollen.

„Könnte vielleicht die Schöpfung mit dem einen oder anderen klugen und wohlbedachtem „Eingriff", das Verhalten, Handeln und die Entscheidungen meiner lieben Zweibeiner auf der Oberfläche meines Planeten so behutsam beeinflussen, so dass sie wenigstens das größte Übel, und das schreckliche und schlimme Leid, das sie sich zufügen, unterlassen würden, „ES"?" „Könnte sie gegebenenfalls schon, liebe Mutter Erde. Es würde nicht nur deinen Gemütszustand deutlich beruhigen, sondern auch den von uns Geistwesen. Wie sollten dann diese Zweibeiner, und nicht nur die auf deiner Erdoberfläche, sich in ihrem Wesen selbst und eigenständig entwickeln können, wenn sie auf diese Weise in ihrem Denken und Handeln beeinflusst werden sollten? Wie könnten sie Fehler ihrer Entscheidungen erkennen, wenn die Schöpfung dafür sorgen würde, dass es bei den Zweibeinern gar nicht erst zu Fehlentscheidungen kommen würde, weil es grundsätzlich keine gäbe?" „Ich verstehe schon, „ES", was du mir sagen möchtest. Ich muß halt an die vielen furchtbaren Schmerzen und an das unendliche Leid denken, das diese „Fehler" verursachen und das alles möglicherweise gar nicht notwendig sein müsste." „Es spricht für dich, liebe Mutter Erde, dass du so denkst. Die Schöpfung hat in den kleinsten Bausteinen des Lebens – die Voraussetzung dafür, dass denkende körperliche Lebewesen sich herausbilden können – die Vernunft eingebettet. Es ist, wenn du es so sehen willst, eine Entscheidungshilfe für die Zweibeiner, aber keine Entscheidung selbst. Sie können sich für alle möglichen verachtenswerten Handlungen, oder für ein in Liebe und von der Vernunft geprägtes Leben festlegen. Entscheidend ist die Wahlmöglichkeit, die sie in den Händen ihres Denkens und Handelns halten. Es kommt darauf an, wie nahe sie die Vernunft an sich selbst herankommen lassen. Sie ist wie ein grell blinkendes Warnschild, auf dem verlockenden Weg zur Gier. Entweder diese Zweibeiner beachten es, oder sie trampeln es einfach nieder – so ist das, liebe Mutter Erde!" „Das ist entsetzlich traurig, „ES". „So zu denken und zu fühlen wie du, ist eine große Gabe, auch wenn es manchmal sehr schmerzt. So, jetzt wieder zurück zu deinem Planeten, und wie sich das Leben darauf weiter entwickeln wird."

Die Wassermassen und die Landflächen auf deiner Oberfläche haben ihren Platz gefunden, und bieten somit für die Pflanzen, und natürlich auch für die Tiere gute Entwicklungsmöglichkeiten. Das Klima ist für beide gut, und die Lufthülle, die sich um deinen Planeten ausgebildet hat, beschützt die Arten vor schädlichen Strahlen. Der Sauerstoffgehalt in der Luft, eine wichtige Voraussetzung für die Weiterentwicklung von Flora und Fauna, nimmt ständig zu. Um das stürmische Wachstum der vielen unterschiedlichen Pflanzenarten musst du dir keine Sorgen machen. Nun zu den Tieren.

Schlimmer trifft es die Tierwelt, wenn die gewohnte Umgebung erheblich gestört wird. Ihr ganzes Wesen, ihr Körperbau und die Art ihrer Fortpflanzung geschehen auf einer viel höheren Stufe, als bei Pflanzen. Wieder nur so als Beispiel. Der Baum hat Wurzeln, die tief in die Erde reichen, um sich von dort die Nahrung zu holen, die er zum Leben braucht. Solche Hilfsmittel hat ein Tier nicht. Es muss oft weite Strecken umherlaufen, um etwas zum Fressen zu finden, weil – alles kann es auch nicht verdauen. Oder es muß, um am Leben zu bleiben, ein kleineres Tier töten und auffressen. Dazu muss es so ein Lebewesen erstmal erwischen. Was auch nicht immer so einfach ist. Und so gibt es viele Beispiele dafür, dass die Tierwelt auf einer höheren Lebensebene angesiedelt ist.

Die Schöpfung hat den Tieren die Möglichkeit gegeben zu denken, zwar in ganz einfacher Form, aber sie können sich schon konkrete Handlungen überlegen. Sie sind in der Lage Schmerzen und eine gewisse Art von Freude zu empfinden, und sie sind imstande sich zu verlieben.

„Was ist das, „ES", sich verlieben – könnte ich das vielleicht auch? Weil - ich kann ja denken, ich meine, richtig denken!" „Stimmt, liebe Mutter Erde. Und wie du denken kannst weiß ich auch und freue mich darüber. Ja, das Verlieben ist schon so eine Sache." „Wieso, „ES"? Jetzt mach das doch bitte nicht so spannend? Ich bin schon ganz kribbelig." „Weil es eigentlich ein Thema für Wesen ist, die schon erwachsen sind, und das Kindesalter bereits hinter sich haben. Und du bist ja noch ein Kind!" „Schon, „ES", aber ein sehr, sehr großes." „Das stimmt auch wieder. Ich glaube, wir zwei haben uns schon einmal mit diesem kitzligen Thema beschäftigt." „Leider hast du an der Stelle, wo es begann spannend für mich zu werden gekniffen, und mich auf später vertröstet. Könnten wir dieses Thema nicht einfach überspringen, liebe Mutter Erde?" „Als gut, "ES", aber wenn ich erwachsen bin, will ich das mit dem Verlieben schon gründlich wissen wollen!" „Versprochen!

So, zurück zur Thematik „Denken", und zwar nicht nur bei Tieren. Das Denken ist die höchste Stufe, die ein Zweibeiner oder ein geistiges Lebewesen je in seinem Leben erreichen kann. Tiere sind, im Gegensatz zu den Zweibeinern, außerordentlich vielfältig in ihrer Art und lassen sich leicht von den Pflanzen unterscheiden. Sie müssen sich, so wie die Zweibeiner, auf die unterschiedlichste Weise bewegen können.

„Wieso, „ES", ist das so wichtig?"

Die Nahrung, die sie brauchen, wächst nicht ausreichend an einer Stelle, so dass sie immer danach suchen müssen, und das bedeutet für die Tiere und die Zweibeiner, dass sie sich bewegen sollten, sonst würden sie verhungern. Oder - manche Tiere auf dem Land und im Wasser ernähren sich von kleineren Tieren, die sie fangen müssen. Ohne Bewegung ist das nicht möglich. Es sind auch noch andere Merkmale wichtig, aber die Fähigkeit sich bewegen zu können, ist die wichtigste von allen anderen.

„Stell dir vor, liebe Mutter Erde, du würdest nicht um die Sonne kreisen, und das sogar ziemlich schnell, sondern einfach stehen bleiben und die Sonne anlächeln." „Irgendwie fühle ich, dass das nicht besonders gut für mich wäre, aber, ich müsste mich nicht mehr so anstrengen, das wäre ja wenigstens ein Vorteil." „Schon möglich, liebe Mutter Erde. Wenn dabei jemand herzhaft lachen würde, dann wäre das deine Sonne." „Wieso, „ES"?" „Es ist die ungeheure Kraft, die du bei dem Drehen um die Sonne brauchst, und die dich davor schützt, von ihr nicht angezogen und verspeist zu werden." „Das ist eine gemeine Heuchelei von ihr. Mich freundlich und verlockend anlachen, nur weil sie Appetit auf einen großen Happen hat. Ich kann da überhaupt nicht drüber lachen, „ES". So, so – dann zieht sie also ständig an mir herum, damit sie was zum Fressen bekommt. Und ich muß mich unaufhörlich abstrampeln und um sie herumsausen, damit sie mich nicht auffrisst." „Richtig, liebe Mutter Erde, diese beiden Kräfte, also die, die dich in Richtung Sonne bewegen will, und die andere Kraft, die dich von ihr wegschleppt sollten sich immer im Gleichgewicht halten. Ist die Kraft der Sonne stärker als du, gibt es für sie einen extra Happen. Ist deine Kraft stärker, saust du von der Sonne weg. Beides ist nicht gut, besonders für dich. Lass dir noch kurz etwas zu den Unterschieden von Tieren und Zweibeinern, also körperlich denkenden Lebewesen der höheren geistigen Ordnung erzählen."

Diese denkenden Lebewesen auf zwei Beinen sind unterschiedlich groß. Einige von ihnen sind sehr dick, andere eher dünn. Sie haben zwei Beine, einen Körper und, wie du schon weißt, einen Kopf, der darauf angewachsen ist. Sie können, im Gegensatz zu manchen Tierarten, nur auf dem Land leben. Im Wasser würden sie nicht existieren können. Sie werden für Lebewesen erstaunlich alt, wenn sie sich vorher nicht aus lauter Neid und Habgier abmurksen. Das Thema haben wir bereits sehr ausführlich besprochen. Bei Tieren sind die Unterschiede deutlich größer und vielfältiger. Einige können fliegen, andere leben im Wasser oder auf dem Land. Andere wiederum im Wasser und auf dem Land. Viele von ihnen können sehr groß werden, andere sind winzig klein. Es gibt Tiere mit zwei, vier und mehr Beinen. Andere haben überhaupt keine, und können sich trotzdem auf dem Land, oder im Wasser gut bewegen. Natürlich gibt es auch viele Tiere, die sich in der Luft und auf der

Erde bewegen können. So könnte ich viele Beispiele bringen die zeigen, wie groß die Vielseitigkeit und Vielartigkeit, im Gegensatz zu den Zweibeinern ist, die sich in der Tierwelt auf deinem Planeten herausgebildet hat, und noch weiter entwickeln wird. Die Evolution des gesamten Tierreiches auf deinen Planeten, das gilt allerdings auch für Himmelskörper mit ähnlichen Lebensbedinguen wie bei dir, wird sich in Stufen und Gruppen fortsetzen. Es gibt viele Tiere, die ernähren sich von Pflanzen, und das was die Pflanzen er-zeugen. Andere Tiere fressen lieber andere Tierarten, die sie leicht fangen und töten können. Sollten die Zweibeiner nicht gut auf sich aufpassen, kann es schon passieren, dass sie ein großes, hungriges Tier auch als Nahrung betrachtet.

„Na, na – „ES", nicht schon wieder so ein grausiges Thema." „Keine Sorge, liebe Mutter Erde, da unterscheiden sich die Tiere ganz erheblich von den Zweibeinern. Tiere töten nur, wenn sie Hunger haben. Wenn sie andere Tiere fressen, manchmal ist auch ein unvorsichtiger Zweibeiner darunter, dann nicht um reich zu werden, oder großen Ruhm zu ernten, sondern um den Hunger in ihrem Magen zu stillen, liebe Mutter Erde! Aber lass dir weiter erzählen!"

Die Charaktereigenschaften wie Neid, Gier und Hass kennen Tiere überhaupt nicht, woher auch. Nein, sie ernähren sich von dem was sie fressen, damit sie nicht verhungern müssen. Das ist im Tierreich so, und damit kommen alle, gleich was sie, oder wen sie fressen, auch gut aus. Natürlich gibt es auch einige andere Merkmale und Unterschiede in der gesamten Tierwelt. Je kleiner sie sind, umso weniger ist der Ansatz zum eigentlichen Denken ausgebildet. Erst mit zunehmender Größe, und einem entsprechenden Körperbau – also die zwei, und vier Beine haben, einen größeren Körper besitzen, und auf ihm ein Kopf angewachsen ist, bringen die Voraussetzung dafür mit, dass sich ein Organ darin herausbilden kann, und Denkprozesse möglich macht. Fast alle größeren Tiere auf deinen Planeten, ob sie nun im Wasser oder auf dem Land leben, besitzen eine Wirbelsäule, die dem Körper einen stabilen Halt gibt und die auch die Voraussetzung dafür schafft, dass es Tiere auf deiner Oberfläche geben wird, die einmal aufrecht gehen können.

Möglicherweise entwickeln sich daraus Lebewesen, die nur noch zwei Beine zur Fortbewegung brauchen. Ist dieser so genannte aufrechte Gang erreicht, bestehen gute Möglichkeiten, dass sich daraus Lebewesen entwickeln, die sich möglicherweise einmal selbst erkennen werden.

„Sind solche Tiere vielleicht schon auf meiner Oberfläche herangewachsen, „ES"? „Nein, aber der Zeitpunkt dafür, dass sie kommen werden, rückt ziemlich schnell näher." „Das macht mich neugierig, „ES"! Denkende Zweibeiner, na das wäre doch was. Vielleicht kann ich mit ihnen rumflachsen, oder so?!" „Unterhalten wirst du dich mit ihnen nicht können. Die lautlose Sprache, die wir kosmischen Wesen verwenden, können sie nicht verstehen. Aber du wirst ihr Wesen fühlen, und ihre Gedanken erkennen. Manchmal kann das für dich recht lustig, manchmal auch sehr schmerzhaft sein. Je nachdem, was sie geradeso anstellen werden. Du wirst es ja erleben!"

Zurück zu deiner Tierwelt, und ob diese aufrecht gehenden Wesen möglicherweise schon auf deiner Oberfläche existieren? Na, ganz so sicher ist das auf deiner Oberfläche derzeit nicht festzustellen.
Das Tierreich unterliegt ständigen Veränderungen und es gibt unter ihnen immer Bestrebungen, ihre Art noch besser herauszubilden. Auch die Natur auf deinem Planeten, also die Oberfläche, die Temperaturen und die Gase in der Atmosphäre sind ständig erheblichen Wechselwirkungen ausgesetzt, die der Tierwelt manchmal sehr zu schaffen macht – manchen Tierarten ganz besonders. Einige von ihnen sterben sogar aus, weil sie mit den veränderten Bedingungen nicht zurechtkommen. Dieses Streben, sich immer

besser an andere Umweltbedingungen anzupassen, verändert natürlich auch das Aussehen und Verhalten mancher Tierarten. Besonders die Zweibeiner, die einen aufrechten Gang üben, werden sich ständig anpassen müssen.

„Wie meinst du das, „ES" – ihr Verhalten ändern. Essen sie sich dann nicht mehr selber auf, oder was machen sie anders?" „So kann sich das möglicherweise entwickeln, liebe Mutter Erde. Das nicht mehr selber „Auffressen" geht zwar nicht so schnell und braucht seine Zeit, aber ihr Verhalten zueinander verändert sich. Sie suchen immer mehr die Gemeinsamkeit und das gemeinsame Handeln. Sie werden neugierig, und bemühen sich ständig, ihr anstrengendes Dasein durch Verbesserungen zu erleichtern." „Wenn ich dich richtig verstanden habe, „ES", ist das wohl der Anfang, bei dem diese Zweibeiner mit einer Wirbelsäule und einem Organ in ihrem Kopf beginnen, ihre festgewachsene Kuller auf dem Körper mehr und mehr zu verwenden, anstatt mit ihren Füßen in der Landschaft herumzutrampeln." „Na, so ungefähr könnte man das sehen. Ein wichtiger Schritt der Entwicklung für diese Zweibeiner beginnt aber erst noch." „Du meinst doch nicht damit, dass die Haare auf ihrem Kopf zu einem bestimmten Zweck notwendig wären?" „Nein! Obwohl sie auch nicht ganz unwichtig sind. Vor allem bei den weiblichen Zweibeinern und für die, wo einfach keine Haare auf dem Kopf wachsen wollen." „Hast du mir in diesem Zusammenhang nicht mal was von der Eitelkeit bei Zweibeinern erzählt, oder irre ich mich da? Und überhaupt, was bedeutet Eitelkeit, „ES"? „Ich komme auf die Eitelkeit gleich zurück – erstmal die Haare. Diese struppige Mähne auf ihrem Kopf ist es nicht, die zu wesentlichen Veränderungen in ihrem gesamten Verhalten führen wird. Jedenfalls kann ich mir dazu überlegen was ich will, es fällt mir nichts ein, was in diesem Zusammenhang von irgendeiner wesentlichen Bedeutung wäre." „Also gut, dann lassen wir eben die Haare, wie sie auf ihren Köpfen sind. Und was ist mit der Eitelkeit?

Ein kleines Beispiel dazu. Nehmen wir einmal an, deine Planetenschwester Venus erstrahlt im Glanz der Sonne, und ihre Oberfläche ist ein prächtiger Anblick für die Schöpfung. Was würdest du als Schwesterplanet Erde über sie möglicherweise denken?" „Das ist schnell gesagt! Natürlich möchte ich genauso aussehen wie sie, oder noch schöner! Das ist doch klar, „ES"!" „Richtig liebe Mutter Erde, und das ist ein Ausdruck von Eitelkeit. Nicht nur, aber es kommt sehr häufig vor." „Du meinst vielleicht auch bei meiner Schwester Venus?" „Nein! Bei dir, solltest du so denken! Wenn für dich etwas ganz besonders schön aussieht, so wie du auch gern sein möchtest, dann hast du einen Hang zur Eitelkeit. An sich keine besonders schlechte Charaktereigenschaft. Gefährlich kann es nur dann werden, wenn sich diese Zweibeiner, besonders die weiblichen Geschöpfe unter ihnen, sich zu sehr von der Eitelkeit einfangen lassen." „Aha – verstehe! Ich glaube nicht, dass ich davon ganz frei sein werde, „ES"?" „Das musst du auch nicht, liebe Mutter Erde. Es sei denn, deine Eitelkeit treibt dich soweit, dass, solltest du dieses Aussehen deiner lieben Schwester Venus nicht erreichen, du sie dann einfach abmurksen lässt." „Ach was! Dann ist das doch alles etwas komplizierter, als ich am Anfang vermutete, aber - ich habe es verstanden. Und wie geht es auf meiner Oberfläche weiter, „ES"?" „Gute Frage, liebe Mutter Erde.

Für welche Kraft werden sich diese heranwachsenden Zweibeiner auf deiner Planetenoberfläche entscheiden? Lassen sie sich von den üppigen und vielseitigen Ressourcen des Planeten zu einem ausgeprägten, materiellen Leben in Saus und Braus verleiten, oder obsiegt vielleicht die Vernunft und die Liebe zu allem was sie umgibt?

In der jetzigen Zeit bewegen sie sich noch recht mühselig so, als würden sie noch nicht so recht wissen können, was für sie der geeignetste Weg sei.

Wie man sich allerdings gegenseitig richtig verprügeln kann, beherrschen sie jedenfalls schon recht ordentlich – leider! So wie sich zurzeit die allgemeinen Lebensverhältnisse deiner Zweibeiner für mich und auch für Estrie darstellen, wird es noch einer längeren kosmischen Zeitspanne bedürfen, bis sie sich ihrer Verantwortung als denkende körperliche Lebewesen der höheren geistigen Ordnung bewusst werden und auch danach handeln sollten." „Entschuldige bitte, „ES", wir sollten diese Zeit nutzen und einen Ausflug zum Planeten Trampton unternehmen. Dir, liebe Mutter Erde, empfehle ich eine längere Schlafpause. Glaube mir, du wirst nichts Wesentliches auf deinen Planeten verpassen. Die Entwicklung, so wie sie sich jetzt abzeichnet, wird eine ausgedehnte Periode ausfüllen."

„Danke, liebe Estrie – ich nehme das was du sagst gern an, und wünsche mir ein Wiedersehen mit dir und mit „ES" wenn die Zeit dafür gekommen ist. Euch wünsche ich eine gute Reise zum Planeten Trampton".

Wir freuen uns ebenfalls auf unser gemeinsames Wiedersehen, liebe Mutter Erde, bis bald."

Warum essen, trinken und vermehren sie sich so zügellos

Bei leerem Magen sind alle Übel doppelt schwer. Christoph. Martin Wieland

Lässt man immerfort die hechelnden Rufe des Magens nach „Mehr" gewähren, wird der Kopf in seiner Einsamkeit verkümmern.

Dietmar Dressel

Du kannst aufhören nach uns zu rufen, wir sind bereits in deiner räumlichen Nähe. Hab noch eine kleine Zeitspanne Geduld, liebe Mutter Erde. Lass uns bitte vorerst noch ein paar wichtige und zeitnahe Informationen über mögliche Veränderungen auf deinen Planeten und seinen Lebewesen einholen, damit wir über das, was wir mit dir gemeinsam diskutieren wollen, mit wirklichkeitsnahen Tatbeständen erhärten können. Wir hoffen, liebe Mutter Erde, du bist damit einverstanden." „Kein Problem! Ich warte auf euch, obwohl Geduld nicht gerade meine starke Seite ist. Wenn ihr versteht wie ich das meine." „Keine Sorge, wir beeilen uns."

Für die beiden Geistwesen, „ES" und Estrie ist es nicht so einfach, an die Informationen zu kommen, die sie gerne haben wollen. Auf der Erdoberfläche hat sich vieles verändert. Allein die dichte Besiedelung der Landflächen lässt darauf schließen, dass diese Zweibeiner – sie nennen sich seit einiger Zeit Menschen – aus ihren Kinderschuhen herausgewachsen sind und mit stürmischen Schritten sich bemühen, in einer möglichst kurzen Zeit, ein Maximum an materiellem Besitz und Verbrauch für sich selbst zu sichern.

Was den geophysikalischen Zustand der Erde einschließlich seiner erdumspannenden Atmosphäre betrifft, lassen sich bereits gravierende Veränderungen nicht mehr übersehen. „Ich denke, liebe Estrie, wir sollten Mutter Erde nicht länger auf unser gemeinsames Wiedersehen warten lassen. Die Informationen die notwendig sind, das vor uns liegende Thema zu behandeln sind, so denke ich, mehr als nur ausreichend. Was meinst du dazu liebe Estrie." „Das sehe ich auch so. Dann werde ich mich gedanklich bei Mutter Erde anmelden. Oder möchtest du das übernehmen „ES". Nein, nein Estrie, lass dich bitte nicht durch mich aufhalten."

„Guten Morgen liebe Mutter Erde. Ich sage das so aufmunternd, weil „ES" und ich von unserem Standort aus einen wunderbaren Sonnenaufgang beobachten können." „Oh, danke liebe Estrie. Ich wünsche dir und natürlich auch „ES" ebenfalls einen guten Morgen. Wo haltet ihr euch beide gerade auf?" „Wir sind am Ufer einer kleinen Inselgruppe. Nicht weit von unserem Standort aus erkennen wir ein sehr großes Festland mit wenig Vegetation und sehr vielen Sanddünen." „Du brauchst das nicht weiter zu beschreiben, liebe Estrie, ich weiß bereits wo ihr euch aufhaltet. Ich denke, für unsere gemeinsame Diskussion bietet diese Inselgruppe die richtige Voraussetzung für einen interessanten Diskurs. Was meint ihr, womit wollen wir beginnen?" „Gute Frage, liebe Mutter Erde. Lass mich, so du einverstanden sein solltest, liebe Estrie, für den Anfang ein paar grundsätzliche Bemerkungen zur jetzigen Situation auf der Erde sagen, soweit wir das als Geistwesen beurteilen können und für richtig halten." „Einverstanden, „ES"." „Und du, liebe Mutter Erde?" ich habe nichts dagegen einzuwenden, „ES"."

Was sind, jedenfalls aus meiner Sicht, die gravierendsten Veränderungen, die der Planet Erde auf seiner Oberfläche und in seiner At-mosphäre in der Zeit unserer Abwesenheit aushalten musste und, so wie es sich zeigt, auch nach wie vor ausgesetzt ist.

Seit unserem letzten Besuch hier bei dir auf der Erde sind, um mit der Zeitrechnung deines Planeten zu rechnen, annäherungsweise zehntausend Jahre vergangen. Bei unserem ersten Besuch konnten wir auf den verschiedenen Landflächen eine ungestörte und vielartige Pflanzen- und Tierwelt bewundern. Von Menschen, sowie sich die Bevölkerung der Erde jetzt nennt, war kaum etwas Auffälliges festzustellen.

Nach Informationen, die Estrie und ich uns vor wenigen Tagen aus den statistischen Ämtern der zentralen Erdverwaltung holten, lebten zu diesem Zeitpunkt, also vor etwa zehntausend Jahren, nicht mehr als schätzungsweise sechs bis acht Millionen Menschen auf den verschiedenen, angenehm warmen Landmassen.

Auf die Jetztzeit bezogen leben Menschen in dieser Zahl bereits in größeren Städten auf den verschiedenen Kontinenten deines Planeten, liebe Mutter Erde. Wohlgemerkt in einer Stadt und nicht auf der gesamten Erdoberfläche, oder Teilen davon. Zum besseren Ver-stehen – eine „Stadt", im Verständnis der hier wohnenden Men-schen, ist eine größere, zentralisierte und abgegrenzte Siedlung im Schnittpunkt von komplexen Verkehrswegen mit einer eigenen Verwaltungs- und Versorgungsstruktur. Also keineswegs eine flächendeckende Besiedlung größerer Landflächen. Nach den Informationen des statistischen Amtes leben auf deiner Oberfläche, lie-be Mutter Erde, zurzeit etwa zehn Milliarden Personen dieser Spezies Mensch. Natürlich mit verheerenden Folgen für alle pflanzlichen und tierischen Lebewesen, die seit Millionen von Jahren die Erdoberfläche des Planeten Erde besiedeln. Ich denke, darauf kom-men wir noch zu sprechen. Würden wir so eine größere Stadt, mit etwa sechs Millionen Bürgern, wie ich sie bereits erwähnte, in dieses Zeitverhältnis von vor zehntausend Jahren zu heute versetzen, bedeutet das rechnerisch, dass diese gleiche Stadt mit ihren sechs Millionen Bewohnern, vor zirka zehntausend Jahren eine gesamte Einwohnerzahl von sechstausend Menschen hatte. Nicht mehr und nicht weniger! Noch deutlicher fällt der

Vergleich aus, wenn man ein größeres Dorf auf der Erdoberfläche der Jetztzeit mit seinen et-wa sechstausend Einwohnern wieder in dieses gleiche Zeitverhältnis von vor zehntausend Jahren zur Jetztzeit setzt, lebten in so ei-nem Dorf vor zehntausend Jahren nicht mehr als sechs Menschen.

Etwas salopp formuliert könnte man meinen, dass sich so ein kleines Häuflein von Menschen in so einem Dorf sich vermutlich jeden Tag suchen müsste, um zu wissen, dass sie noch alle im Dorf leben.

Wiederum zum besseren Verständnis – ein Dorf ist eine zumeist kleine Ansiedlung von bäuerlichen und anderen häuslichen Anwesen, mit einer auf das Notwendigste beschränkten Arbeitsteilung, die durch eine landwirtschaftlich geprägte Wirtschafts- und Sozialstruktur gekennzeichnet ist.

An solchen Zahlenbeispielen möchte ich nur verdeutlichen, was dieser exorbitante Bevölkerungszuwachs, noch dazu in einer verhältnismäßig kurzen Zeit, für gewaltige Veränderungen auf der Erde zur Folge hatte. Jedenfalls unter kosmischen Gesichtspunkten.

Was bedeuten für einen bewohnbaren Planeten und seiner Pflanzen- und Tierwelt schon zehntausend Jahre, wenn wir seine Entwicklung in Zeitabständen von Millionen Jahren verfolgen.

Die Spezies Mensch, die das im Wesentlichen verursacht, wird es letztlich treffen und sie werden die Nachteile für ihr Leben selbstverständlich auch ertragen müssen. Überleben wird sie so ein lebensfeindliches Verhalten voraussichtlich nicht. Es sei denn, es geschähe ein geistiges „Umdenken" mit dem Ziel, weg von der haltlosen Gier, der Raffsucht und dem Hass. Sicherlich – auch die Pflanzen- und die Tierwelt wird es arg treffen. Sie könnte sich aufgrund ihrer natürlichen Lebensweise von den massiven Belastungen erholen. Die notwendige Zeit dafür hat sie in ausreichender Weise. Dein Planet, liebe Mutter Erde, ist ja noch jung.

Es genügt ein Blick auf diese schöne Erdkugel aus einem größeren Abstand zu ihr. Vor zehntausend Jahren war die Nachtseite der Erdoberfläche eine dunkle Landschaft. Ein Blick in den letzten Tagen zeigt mir und meiner lieben Freundin Estrie ein Lichtermeer, das den Nachthimmel der Erde zum Leuchten bringt. Große Teile der Erdoberfläche sind keine grünen Landschaften mehr, sondern triste Wohnsiedlungen, um die schnell anwachsende Bevölkerung so leidlich mit Wohnraum zu versorgen. Von der rapiden Dezimierung der Tierwelt möchte ich gar nicht erst reden wollen.

Ob sie diese maßlose Verschwendungssucht in ihrem Leben überstehen werden, können wir in spätestens fünftausend Jahren erkennen. Aber - wie bereits von mir erwähnt, darauf kommen wir gegebenenfalls noch zu sprechen.

Auf einem bewohnten Planeten in der Andromeda Galaxis hörte ich von Bewohnern der dort lebenden Bevölkerung hie und da den bemerkenswerten Satz – „Wir leben nicht um das tägliche Essen zu genießen, sondern wir essen um am Leben zu bleiben."

Von den Menschen auf deinem schönen Planeten, liebe Mutter Erde, hört man vergebens so einen bemerkenswerten Satz. Bei der Bevölkerung auf deiner Erdoberfläche, gelten bezüglich Essen andere Bedürfnisse. Große Teile der Menschheit sind der Meinung, dass der Zweck des Essens auf gar keinen Fall darin bestände, oder darin bestehen würde, ihren Körper mit Energie mittels Stoffwechsel zu versorgen, damit er am Leben bleiben kann. Nein! Sie sehen den Zweck, des zum Teil sehr aufwendigem Essens darin - nur so als Beispiel - um die täglichen körperlichen und geistigen Anstrengungen, Belastungen und Strapazen bewältigen zu können, sich möglicherweise etwas Leckeres und Köstliches zu gönnen, die verrücktesten Kochkünste zu zelebrieren und - man mag es nicht glauben - einen so genannten Wohlstand nach außen zu zeigen, auf den es in Bezug auf das Essen in seiner Gesamtheit überhaupt nicht ankommt weil – eben weil so eine Art „Wohlstand" schließlich und endlich zur Fettleibigkeit führen wird und Krankheiten zur Folge hat. Natürlich nehmen die Grundbedürfnisse bei körperlich denkenden Lebewesen der höheren geistigen Ordnung – also das Essen, Trinken, Ruhen und die Fortpflanzung eine lebenswichtige Position ein. Eben weil das so ist, muss so ein daseinsbedingtes Verlangen eng mit den Lebensverhältnissen anderer Lebewesen auf einer bewohnbaren Planetenoberfläche im Kontext beurteilt werden. Letztlich sollte so ein Bezugsrahmen das Denken und Handeln bestimmen, damit mit den vorhandenen Ressourcen umweltschonend und nachhaltig umgegangen wird - zumindest umgegangen werden sollte.

Tatsächlich scheint es auf deinen Planeten, liebe Mutter Erde, so zu sein, dass viele Männer, Frauen und Kinder auf der Erde durch den monströs aufgeblähtem Akt des Essens, Trinkens und dem „sich Vermehrens", alle anderen möglichen Bedürfnisse befriedigen zu können, weniger Beachtung und Aufmerksamkeit schenken, zumindest teilweise grob vernachlässigen.

Das so ein einspuriges Verhalten in einer Sackgasse endet, ja enden muss, sei nur am Rande erwähnt. Man kann es drehen und wenden wie man möchte. Die dafür denkbaren ablaufprozessualen Vorgänge funktionieren nicht. Können auch gar nicht funktionieren.

Was immer sich viele Menschen einreden mögen, was ihnen die Hersteller aller möglichen Essens- und Trinkangebote in ihrer vielfältigsten Angebotsweise auf allen möglichen Werbeplattformen vorgaukeln, das Essen und Trinken macht nicht wirklich glücklich. Und das Essen und Trinken kann das Zusammengehörigkeitsgefühl und die Liebe nicht kompensieren und ersetzen. Essen und Trinken sind niemals ein Ausdruck von Wohlstand und Kultur.

Die Nahrungsaufnahme ist wichtig, richtig und notwendig. Natürlich ist das so und nicht anders zu verstehen! Und in seiner praktischen Umsetzung sollte sie jedenfalls einfach und auch zweckdienlich sein. Die Menschen auf deinen Planeten, liebe Mutter Erde, haben selbstverständlich die Möglichkeit, sollten sie sich an diese einfach umzusetzenden Regeln halten, sich jederzeit optimal ernähren zu können. Das ist jedenfalls die Erkenntnis von uns Geistwesen in Bezug zu den Menschen auf der Erde. Auf anderen bewohnbaren Planeten wird es gegebenenfalls zu anderen Verhaltensnormen für die Nahrungsaufnahme kommen müssen.

Doch weil viele Menschen auf der Erde das Essen und Trinken mit all den anderen politischen, ökonomischen, kulturellen und sozialen Inhaltsbestandteilen überfrachten, die sie meinen abfertigen zu müssen, kommen sie allein nur mit dem Essen und Trinken selber nicht mehr zurecht. Oftmals verlieren sie sich in verwirrender Weise in dubiosen Wunschvorstellungen und spirituellen Träumereien und übersehen dabei geflissentlich, dass in Folge dieses abstrusen Verhaltens und Handelns ihr Körper und ihr Geist erkranken.

Festzuhalten wäre nach meinen und sicherlich auch nach Estries Erkenntnissen, dass viele Menschen auf deiner Oberfläche, liebe Mutter Erde, zu oft und zu viel essen – meistens auch noch das Falsche. Wie zum Beispiel das häufige Trinken von alkoholhaltigen Getränken.

Alkohol ist nicht nur ein starkes Nervengift, sondern auch drogenähnlichen Rauschmitteln gleichzusetzen, die den Körper und den Geist eines Menschen zerstören. Trotz diesem ausreichenden Wissen um seine verheerende Schädlichkeit, ist es nur selten aus dem gesellschaftlichen Leben der meisten Menschen wegzudenken. Das Suchtpotential nach alkoholischen Getränken ist derartig ausgeprägt, dass es viele Millionen Menschen fest in seinen Fängen hält. In der breiten Gesellschaft selbst führt es nicht selten zu Aggressionen, Gewalt und zur völligen Zerstörung des familiären und beruflichen Lebens. Wir haben bereits über dieses Phänomen des ungesunden Essens und Trinkens gesprochen. Entschuldige bitte, liebe Mutter Erde, dass ich mich diesbezüglich wiederhole. Es scheint in der Tat so zu sein, dass viele Menschen dieses immer nur essen und trinken wollen, auch wenn es im erheblichen Maße ungesund ist, den schöngeistigen, sportlichen, kulturellen und sozialen Bedürfnissen wohl gern vorziehen möchten. Es wäre für den einzelnen Menschen, als auch für die Gesellschaft gesünder, und für die Natur mit all ihren pflanzlichen- und tierischen Leben nachhaltig nützlicher, wenn sie dieses unsinnige Verhalten ändern würden.

Unverständlich ist in diesem Zusammenhang auch, dass sie, trotz des erheblichen Nahrungsüberflusses, viele ihrer Kinder verhungern lassen, weil es die Gesellschaft vermutlich nicht für erachtenswert hält, ihnen etwas zu Essen zu geben. Aber lassen wir dieses grausige Thema.

Wenn die Menschen, das gilt übrigens für alle denkenden körperlichen Lebewesen der höheren geistigen Ordnung, das Essen und Trinken zur Selbstdefinition instrumentalisieren, wird sich diese Spezies in der geistigen Bedeutungslosigkeit verlieren.

Geistig förderlich hingegen wäre es, die überflüssigen Bedeutungsgehalte tunlichst zu entfernen und das Essen und Trinken zu entmystifizieren. Körperlich denkende Lebewesen der höheren geistigen Ordnung essen und trinken um leben zu können und nicht, um zu entspannen, geliebt zu werden oder sich möglicherweise gut zu fühlen. Sie sollten essen und trinken, wenn sie der Hunger und der Durst dazu drängen. Soweit so gut. Verbleibt ein weiteres wichtiges Kriterium, das sich aus den Folgen des Essens und Trinkens ohne jedes vernünftige Maß entwickelt.

Was geschieht mit den Abfällen, die durch die Pro-duktion und den Verbrauch von Nahrungsmitteln sich ausbilden und daraus in vielschichtiger Weise quantitativ ständig erwachsen? Allein die Aufzucht und Haltung von Schlachttieren für den Konsum von Fleischwaren jeglicher Art, sprengt jede vorstellbare Einschätzung und Größenordnung. Jedenfalls konnten wir das während unseren gemeinsamen Recherchen und gründlichen Untersuchungen auf der Erde zweifelsfrei feststellen. Unabhängig von der Menge an Abfällen, war für uns Geistwesen die unglaubliche Verrohung von Teilen der Bevölkerung, die mit dieser Arbeit direkt und indirekt zu tun hatten. Das mit ansehen zu müssen, war erschreckend, unerträglich und im hohen Maße verachtenswert.

Liebe Estrie, du bist Wissenschaftlerin. Ich denke, diese Thematik ist bei dir konstruktiver aufgehoben. Was meinst du dazu?" „Danke „ES", ich übernehme dieses Thema sehr gern." „Und ich werde dir, liebe Estrie, ebenfalls gern zuhören." „Danke, dann will ich euch nicht länger warten lassen.

An den Anfang unserer gemeinsamen Diskussion möchte ich die Frage stellen - wohin mit den Abfällen, die bei dieser Spezies, hier in unserem Gespräch die des Planeten Erde, unaufhörlich anfallen? Das ist nicht nur in unserer kleinen Gesprächsrunde ein zentraler Fragenkomplex, sondern auch bei den Menschen, die täglich damit zu kämpfen haben.

Vor ungefähr zehntausend Jahren – ihr erinnert euch sicherlich an unser gemeinsames Thema über die Bevölkerungsentwicklung auf der Erdoberfläche, war selbst das Wort „Abfall" unbekannt. Auch verständlich, weil es aufgrund der einfachen Lebensverhältnisse und der sehr geringen Anzahl von Menschen keine Abfallstoffe jeglicher Art gab. Alles wurde gebraucht, verbraucht und vollständig verwertet. Als Jäger, Fischer, Sammler, einfache Handwerker und kleinbäuerliche Farmer der zu dieser Zeit vorherrschenden Gesellschaft, war jeder Mann, jede Frau und jedes Kind ein Bestandteil im Kreislauf der Naturprodukte und Stoffe. Sie entnahmen nur das, was sie für die Nahrung, Kleidung und für einfache Handwerksgerätschaften benötigten. Verwertbare Stoffe wurden wieder in die Umwelt zur weiteren Nutzung für die Pflanzenwelt und Tier- welt zweckdienlich zurückgegeben. Somit war die teilweise massive Einwirkung des Menschen in den Naturhaushalt nicht wesentlich anders in seinen ablaufprozessualen Vorgängen, als bei allen anderen Lebewesen.

Eine völlig andere Entwicklung nahm der Abfall sowohl in seinem Entstehungsprozess, als auch in seiner Entsorgung, Beseitigung und in seiner möglichen Wiederverwertung mit Beginn der Vorindustrialisierung auf einigen Landflächen der Erdoberfläche in Bezug auf die Subsistenzwirtschaft, oder die Bedarfswirtschaft, wie sie auf manchen bewohnten Planeten als solche auch bezeichnet wird.
-
Mit der Herausbildung einer bestimmenden und ergebnisorientierten wirtschaftlichen und politischen Strategie, bei der die Herstellung, der Handel und der private Tausch von Gütern, und damit meine ich nicht nur die Verbrauchsgüter des täglichen Bedarfs, vorrangig der Selbstversorgung für die Bevölkerung galt, sollte in der Zielstellung keine Überschussproduktion vordergründig initiiert werden.

Das gedachte und wohlüberlegte Ziel aller Beteiligten sollte nicht die Erwirtschaftung von Gewinnchancen und allen möglichen Formen von Vermögenswerten sein, sondern nur die weitestgehend mögliche Absicherung des eigenen Lebensunterhaltes bei der Bevölkerung ermöglichen. Diese Denk- und Verhaltensweise fand besonders in der aufstrebenden Landwirtschaft ein großes Echo.

Besonders dieser weitgefasste Bereich der schaffenden Bevölkerung in einem geschlossenen Staatswesen lernte es in einer beachtlich kurzen Zeit, den natürlichen Stoffkreislauf in seiner Sequenz, also in seinem Zyklus, bewusst zu nutzen und zu gestalten. Mit dem Entstehen des nutzbaren Ackerbaus als „Wirtschaftsfaktor", schuf sich der Mensch, um auf deinen Planeten zu bleiben, liebe Mutter Erde, ein zwar unnatürliches, dafür allerdings ein notwendiges und produktives Ökosystem, in der die vorhandene Biomasse für seine ausreichende Ernährung und für andere Zwecke erzeugt wurde und immer noch wird. Auch in dieser Epoche seines ökologischen Handelns stellte der Mensch solche Materialien und Stoffe her, die für die gesamte Umwelt wieder aufnehmbar und verarbeiten werden konnten. Eine Ausnahme blieb die verwertbare Nutzung von Fäkalien, Tierkadavern und, bei der stark gewachsenen Bevölkerungszahl, menschliche Leichen. Soweit man diesbezüglich von „Abfall" sprechen kann. Soweit so gut.

Erst mit der Erfindung und Produktion völlig neuer Stoffe, in einer bis dahin nicht vorstellbaren Vielfalt und Menge, in der sich entwickelnden Industriegesellschaft, erzeugte der Mensch eine bis dahin unbekannte Abfallgröße als wachsendes Umweltproblem nicht nur für den Menschen, sondern auch für das gesamte Ökosystem. Damit einhergehend, nicht nur einen scheinbar „ungiftigen" und menschenverträglichen Reichtum und einen wachsenden Konsum, sondern auch das heutige Umweltproblem Abfall.

Zunächst bemühten sich die Verantwortlichen, allerdings in sehr unterschiedlichen Anwendungsmethoden und Eifer, den anfallenden Abfall nur auf Halden und in großen Gruben zu verkippen, ohne sich dessen überhaupt bewusst zu werden, welche möglichen Folgen diese Art der Entsorgung für Pflanzen, Tiere und für sie selbst, also den Menschen, haben könnte. Um Katastrophen in engen Grenzen zu halten, war ein zügiges und konstruktives Umdenken, bezüglich sachgerechter „Entsorgung" von Abfällen, zwingend notwendig.

In dieser Phase der sich entwickelnden ökonomischen Abfallwirtschaft, rückten zwei entscheidende Tatbestände zunehmend in die Denk- und Diskussionsprozesse der medialen Öffentlichkeit des gesellschaftlichen Lebens. Mit der Folge, dass das bis dato praktizierte übliche sorglose Verkippen von Abfällen, Umweltprobleme von nicht gänzlich einzuschätzender Gefährdung der Gesundheit und des Lebens mit sich bringen würde. Als Beispiel sei angemerkt, liebe Mutter Erde, das Grundwasser, als wichtige Quel-le für das Trinkwasser für alle Lebewesen. Veränderungsprozesse, sowohl im Denken als auch im Handeln darüber, haben „ES" und ich bei unseren Besichtigungen auf der Erdoberfläche zweifelsfrei feststellen können.

Fazit aus diesem veränderten „Denken" und des daraus möglichen Handelns?! Es sollten sichere Mülldeponien und weitere Möglichkeiten zur Abfallentsorgung und Abfallverwertung geschaffen werden. Zudem wurde deutlich, dass die Abfallmengen nicht weiter anwachsen sollten. Was bei der rasant anwachsenden Erdbevölkerung und dem rapide ansteigendem Konsum der öffentlichen und privaten Haushalte, also dem Verbrauch von Gütern aller Art, nur schwer praktizierbar sein wird - rücksichtsvoll formuliert.

Wäre ich ein körperlich denkendes Lebewesen der höheren geistigen Ordnung, in diesem Fall ein Mensch, würde ich ihnen zurufen, nicht in Epochen von eintausend Jahren zu denken, sondern davon auszugehen, dass ein körperliches Leben auf der Erde für die Spezies Mensch durchaus in Millionen Jahren gerechnet werden kann. Wenn sie ohne Rücksicht auf die Natur und auf alle Lebewesen der Erde, einschließlich sich selbst, weiterhin mit einer großen

Anzahl von Stoffen aus ihrem Wirtschaftskreislauf und ihrem Konsumleben auf die vielfältigste Weise die Umwelt belasten, werden sie ihre Existenz mehr als nur gefährden. Die Stoffe, die ich hier anspreche, sind hoch giftig und gefährden das Wasser, die Atemluft und verstärken den Treibhauseffekt in der Athmosphäre. Was „ES" und ich aus den Gedanken einiger Wissenschaftler von der Erde entnehmen konnten war die Erkenntnis, dass es zwischen der rasant anwachsenden Erdbevölkerung und der damit einhergehenden Umweltzerstörung einen signifikanten Zusammenhang geben muss.

„Ich denke, „ES", das ist ein Thema, das bereits in deinen Gedanken zu erkennen ist." „Das stimmt, Estrie, und wenn ihr einverstanden seid, werde ich euch meinen derzeitigen Wissensstand dazu erklären können." „Gut „ES" dann lass dich bitte nicht aufhalten." „Ich denke, auch für mich als Mutter Erde, werde ich einige wichtige Erkenntnisse erhalten. Bitte „ES", wir hören dir gern zu."

Ich werde krank

Wenn die Krankheit verzweifelt ist, kann ein verzweifelt Mittel nur helfen oder keins.

William Shakespeare

Eine das Leben in seiner Gesamtheit bedrohende Krankheit zu erkennen und mit wachen Sinnen zu fühlen, ist der erste Schritt ihre Heilung zu ermöglichen.

Dietmar Dressel

Eines ist für mich als Mutter meiner Erde beängstigend. Das Tempo der Veränderung und die drohende Vernichtung allen Lebens auf meiner Oberfläche. Ich empfinde es gegebenenfalls so, wie ein körperlich denkendes Lebewesen der höheren geistigen Ordnung. Ich fühle Schmerzen, die ich bis jetzt so nicht kannte, „ES", wenn ich das noch anfügen darf bevor du mit deinem Thema zum Bevölkerungswachstum auf meinem leidenden Planeten beginnst. Es scheint sich wie eine endlose Qual entwickeln zu wollen, die mich nicht mehr loslassen möchte. Sag bitte „ES", ist meine Existenz wirklich bedroht? Ich meine, ernsthaft bedroht?" „Lass mich bitte, bevor ich dir diese Frage beantworte, einiges an Gedanken ausführen, die möglicherweise deine Sorgen um deine Gesundheit erklären können."

Die Erdbevölkerung, wir sprachen bereits kurz darüber, betrug vor mehr als zehntausend Jahren etwa vier Millionen Menschen, nicht mehr und nicht weniger. Jetzt, also in der Neuzeit dieses Planeten, rechnen die zuständigen statistischen Erfassungsstellen mit einer Größenordnung von etwa zwölf Milliarden dieser Spezies. Wie das die Menschen auf der Erde in der verhältnismäßig kurzen Zeit fertigbringen konnten, wird mir wohl ein Rätsel bleiben. Mir ist bei meinen kosmischen Reisen zu bewohnten Planeten ein solches rasantes Wachstum von körperlich denkenden Lebewesen der höheren geistigen Ordnung noch nicht begegnet. Wenn wir davon ausgehen, dass die durchschnittliche Kinderzahl dieser Spezies um ein halbes Kind pro Frau höher als in der zurückliegenden Zeit liegen würde, also rein rechnerisch beurteilt, könnte die Erdbevölkerung in den nächsten hundert Jahren bis auf etwa zwanzig Milliarden Menschen anwachsen. Sowie sich die Menschen derzeit verhalten, wäre das keine bloße Annahme sondern Realität einer besonders auffallenden Fruchtbarkeit dieser Spezies Mensch auf dem Planeten Erde.

Neben der Fertilitätsrate - damit meine ich die zusammengefasste Fruchtbarkeitsziffer, die angibt, wie viele Kinder eine Frau durchschnittlich im Laufe ihrer Lebenszeit auf die Welt bringen würde, wenn die zu einem einheitlichen Zeitpunkt ermittelten altersspezifischen Fruchtbarkeitsziffern für den Zeitraum ihrer fruchtbaren Lebensphase gelten würden - hängt die Bevölkerungsentwicklung einer Gesamtbevölkerung auf einem bewohnbaren Planeten natürlich auch von der als allgemein weiter steigend angenommenen Lebenserwartung und insbesondere der Kindersterblichkeit ab. So eine exorbitante Bevölkerungsentwicklung kann nicht ohne gravierende Folgen für die gesamte Pflanzenwelt, die Tierwelt und für die schützende Erdatmosphäre bleiben. Die lebensbedrohenden, ablaufprozessualen Vorgänge die sich daraus entwickeln, wird letztlich die Menschheit selbst tragen müssen. Ob sie es möglicherweise überleben wird, ist doch mehr als fraglich. Ich verwende bei meiner Annahme bezüglich des Überlebens der gesamten Menschheit bewusst den Konjunktiv weil, ja weil wohl. Körperlich denkende Lebewesen haben einen Verstand, und die Menschheit macht diesbezüglich keine Ausnahme, auch wenn hie und da Zweifel aufkommen können.

Auf die von mir erwähnten „Folgen" für die gesamte Pflanzenwelt, die Tierwelt und für die schützende Erdatmosphäre, möchte ich etwas näher eingehen. Als erstes wäre dafür zu nennen, die globale Erwärmung als Ursache für eine bereits deutlich spürbaren Entwicklungstendenz zu einer höheren globalen Durchschnittstemperatur mit verhängnisvollen Folgen. Um nur einige davon aufzuzählen wären zum Beispiel - der rasch ansteigende Meeresspiegel, die rapide schmelzenden Gletscher, die unumkehrbare Verschiebung von Klimazonen, Vegetationszonen und Lebensräumen, stärkere und immer häufigere Wetterextreme, wie Überschwemmungen und die sich daraus entwickelnde steigende Anzahl von Umweltflüchtlingen.

Während über die Ursachen für die globale Erwärmung weitestgehend Einigkeit zwischen mir und Estrie besteht, scheint das, so unsere Erkenntnis, in weiten Teilen der zuständigen Politiker und Wissenschaftler auf dem Planeten Erde nicht der Fall zu sein. Diese Entwicklung, sowie ich sie beschrieben habe, ist unserer Erkenntnis nach, zweifelsfrei durch das widernatürliche Verhalten sehr vieler Menschen auf der Erdoberfläche in seiner Gesamtheit ursächlich im Zusammenhang zu beurteilen.

Noch einige Gedanken von mir zur Temperaturentwicklung aus der Zeit unseres Erstbesuches auf der Erde vor etwa zehntausend Jahren zur Jetztzeit. Nach unseren gemeinsamen Erkenntnissen wird sich die Erderwärmung in der von mir genannten Zeitentwicklung um etwa sechs bis sieben Wärmegrade ansteigend verändern. Damit möchte ich feststellen, dass die Erderwärmung in der Jetztzeit sich durchschnittlich um sechs bis sieben Grad erhöht haben wird. Die Menschen erarbeiten sich scheinbar keinerlei Gedanken darüber, was das für eine langzeitlich wirkende, gewaltige Energiefreisetzung zur Folge haben wird. Mit allen meteorologischen, physikalischen und biologischen Veränderungen, die das zweifelsfrei zur Folge haben wird. Dabei möchte ich keinesfalls ausschließen, dass die Auswirkungen dieser radikalen Veränderung, zu erheblichem Ungunsten für die Pflanzenwelt, für die Tierwelt und für die Menschen, sich regional unterschiedlich auf den Landesteilen der Erdoberfläche auswirken werden. Was die gesamte Entwicklung in seiner globalen Auswirkung kaum verändern würde.

Wie radikal der unwiderrufliche Veränderungsprozess der Klimaentwicklung sein wird, hängt im Wesentlichen davon ab, wie rasch sich der Klimawandel fortentwickeln wird. Falls der Temperaturanstieg, wie ich aufgrund der Sachlage annehmen muss, in diesem bisherigen Tempo fortschreitet, werden sowohl die ansteigenden volkswirtschaftlichen Anpassungskosten, als auch der schädigende Einfluss auf den gesamten Naturhaushalt drastisch spürbar werden.

„Entschuldige bitte „ES", dass ich dich unterbreche. Was ich nicht verstehen kann ist, dass meine Kinder auf der Oberfläche meines Planeten, sehenden Auges und wachem Verstandes in ihren Untergang laufen, ja geradezu ungebremst darauf zu stürmen. Das ist doch irrwitzig und ohne jeglichen Sinn und Verstand. Jeder einzelne von ihnen, ob Mann Frau oder Kind, hat sein körperliches Leben auf meiner Oberfläche doch nur ein einziges Mal? Oder sehe ich da was völlig falsch, „ES"? „Natürlich ist das so richtig wie du denkst, liebe Mutter Erde. Das eigentliche Problem besteht in der Frage, die du mir und Estrie am Anfang unseres Gespräches gestellt hattest. „Warum essen, trinken und vermehren sich meine Kinder so zügellos!" „ Ja gut, „ES", ich erinnere mich daran. Kann allerdings keinen direkten Zusammenhang zu unserem jetzigen Themenkomplex erkennen." „Oh doch, liebe Mutter Erde, den gibt es schon. Ich werde dir das erklären!"

Dieses von der Gier und seinen Helfershelfern ständig angetriebene „Mehr" und „Mehr" konsumieren und besitzen zu wollen, lässt viele Menschen auf deiner Oberfläche, die in ihrem Denkzentrum mahnende Vernunft und die flehende Liebe für ihre Umwelt zunehmend überhören. Als würden sie beide nicht existieren!

Dabei haben doch kluge Menschen wissenschaftliche Grundsätze entwickelt, mit denen sich die Menschen täglich beschäftigen könnten, eben - könnten! Dabei hat sich bereits, soweit ich mich an bestimmte philosophische Aufzeichnungen von ausgebildeten Menschen der Erde erinnere, das systematische und wissenschaftlich orientierte Denken in der antiken Philosophie bereits entfaltet. Auch wenn sich im Laufe der zurückliegenden Zeit die unterschiedlichen Methoden und Disziplinen der Welterschließung und der Wissenschaften direkt oder mittelbar aus der Philosophie differenzieren, blieben drei praktikable und wichtige Grundsätze für das Leben der Menschen, eingebettet in ihrer komplexen Umwelt, als wichtiger Meilenstein für ihr Verhalten bestehen. Ich meine damit die Logik - als die Wissenschaft des folgerichtigen Denkens, die Ethik - als die Wissenschaft des rechten Handelns und die Metaphysik - als die Wissenschaft der ersten Gründe des Seins und der Wirklichkeit. Von wenigen Ausnahmen abgesehen, lassen sich die meisten deiner Kinder, liebe Mutter Erde, ganz sicher von diesen Grundsätzen nicht berühren, nicht einmal versuchsweise.

Schlimmer - sie sind der Meinung, eben weil sie glauben nur dieses eine Leben für eine begrenzte Zeit zu besitzen, sich darin richtig nach ihren Vorstellungen austoben zu können. Darin ist allerdings ihre Vorstellung darüber, ihr eigenes Leben, auch nur zeitlich begrenzt besitzen zu können, völlig irrational. Wenn hier jemand ihr Leben besitzt, dann ist das der Gevatter Tod. Er bestimmt, ob und wenn ja, wie lange sie ihr körperliches Leben in ihren Händen halten dürfen. Dabei liegt die Betonung auf „dürfen".

Zurück zu ihren Verhalten bezüglich essen, trinken und vermehren und dem ganzen „Drum" und „Dran" was damit in Zusammenhang zu bringen wäre.

Viele von ihnen meinen genau darin den Sinne ihres Lebens zu finden. Nach dem möglichen Zweck ihres körperlichen Daseins auf einen bewohnbaren Planeten fragen sie höchst selten, wenn überhaupt. Sie leben, damit meine ich speziell die Menschen auf deinen Planeten, liebe Mutter Erde, im wachsenden Maße über ihren Verhältnissen. Mit katastrophalen Folgen für ihre Umwelt, auf die ich ja bereits hingewiesen habe.

Ein weiteres Problem ist ihre grundsätzliche Einstellung zum Leben, das sie als körperlich denkende Lebewesen der höheren geistigen Ordnung auf der Erde führen. Und zu einem geistigen Leben nachdem ihr Körper verstorben war. Gleich aus welchen Umständen der Tod sie ereilte.

Um diese geistige Lücke zu schließen, haben vor langer Zeit auf der Erde wenige kluge Köpfe nicht natürliche, so genannte allmächtige, kosmische Figuren geschaffen, die sie in den meisten Fällen „Gott" nannten.

Diese, als solche so bezeichneten Götter, oder auch die ultimativen Herrscher in irgend einem Himmel mit Engeln, Jungfrauen, Milch und Honig – waren natürlich erstmal ein riesiger gedanklicher Raum ohne jeglicher Vernunft und Logik, in welcher Form auch immer. Weil, ja weil wohl – es fehlte dafür jeglicher Wahrheitsbeweis. Was für den einen oder anderen Menschen blieb, war der feste Glaube daran und der stramme Hinweis, darüber nicht zwingend nachdenken zu müssen!!! Glauben kann man ohne geistige Bemühungen an alle möglichen Erscheinungen, besondere Begebenheiten und wundersame Phänomene – natürlich kann man das! Es rieselt dem, der es so will, auch leicht von seinen Lippen und strengt nicht so an! Wissen, um die Dinge, die einem umgeben, muss man sich mit Sachverstand und Vernunft erarbeiten. Das mag anstrengend sein, ist aber – ergebnisorientiert gedacht – wesentlich dienlicher und erfolgversprechender in Bezug auf der Suche nach der Wahrheit und dem eigentlichen Zweck des

Lebens. Für die gebildeten Menschen der Neuzeit, also so, wie wir sie jetzt geistig erfassen können, ist dieser „Raum Gottes" nicht mehr vermittelbar. Auf ihrer ständigen Suche nach der Wahrheit war es auch nicht allzu schwer, das festzustellen. Blieb die Frage nach dem „Danach". Nach logischen Grundsätzen gab es darauf keine befriedigenden Antworten. Also blieb in den mentalen Denkkammern der geistig Suchenden die quälende Frage offen, dass es doch möglich sein könnte, dass von diesen barmherzigen, liebevollen Göttlichkeiten und ihrem Paradies im Himmel etwas Wahrhaftes zu finden sein könnte? Bei Licht betrachtet waren viele Menschen bereit, sich eventuell davon überzeugen zu lassen. Im Dunkeln der Nacht, waren die Aussichten dafür eher sehr gering.

Aber gut, wenn der Glaube daran in der Dunkelheit der Nacht das Weite sucht, was soll dann aus diesen göttlichen Figuren mit Namen Gott werden? Ja was wohl? Sie werden dahin zurückeilen, wo sie einst vor sehr langer Zeit hergeholt wurden, aus der Kiste der Illusion. Aus ihr wurde diese Gestalt mit Namen Gott geholt, um einem ganz bestimmten Zweck für wenige skrupellose Obergurus zu dienen – für die Macht, und die um jeden Preis.

Ja schön und gut, solche machthungrigen Menschen gibt es auch noch in der Neuzeit auf der Erde! Natürlich gibt es sie! Die brauchen allerdings für ihre skrupellosen Machenschaften keinen Gott mehr. Die Menschen auf der Erde leben ja im Zeitalter der Medien aller Art, und die sind wesentlich effizienter, wenn es darum geht, dem Volk oder großen Teilen von ihm, etwas vorzugaukeln was so sein sollte, aber nicht unbedingt dem entspricht. Und überzeugender als ein Oberguru in der Kirche, der die angeblichen Worte eines Gottes verkünden soll, sind diese medialen Einrichtungen allemal.

Es wird vermutlich Menschen geben, die – sobald sich ihnen der schwarzgekleidete Herrscher über Tod und Leben mit der Sense nähert, um sie auf den Friedhof zu begleiten, sich durchaus einen Gott mit Himmel wünschen - möglicherweise. Es wird den Menschen in den letzten Stunden ihres Lebens auf der Erde schwerfallen für immer gehen zu müssen. Sie können ja nicht wissen, dass das Leben mit dem körperlichen Tod nicht zu Ende ist. Wissen würden sie es vermutlich schon gern wollen. Für einige Menschen auf der Erde so gänzlich ohne einen Gott zu sein, dürfte nicht so einfach sein. Es mag ja auch Männer und Frauen geben, vorallem solche, für die ein Menschenleben nichts anderes ist als ein Haufen wertloser Steine. Die wären vermutlich froh darüber, wenn sie nach ihrem Tod vier Meter tief unter der Erdoberfläche liegen würden und damit alles vorbei wäre. So und ähnlich denken sie vermutlich. Wenn da nicht dieses verflixte „aber" stehen würde, dass solchen Menschen, oder besser gesagt, was von ihnen nach dem Tod geistig übrig bleibt, möglicherweise ein paar sehr ernsthafte Fragen stellen könnte.

Haben Glaubensgemeinschaften eine reelle Chance für die Renaissance ihres bröckelnden Nochbestehens? Ich bin mir dessen nicht mehr so sicher, liebe Mutter Erde. Veränderungen grundsätzlicher Art, die dazu führen würden sich gänzlich zu erneuern, kann ich jedenfalls nicht erkennen.

Den vermeintlich erstrebenswerten Lösungsansatz, liebe Mutter Erde, erleben viele Menschen der Neuzeit, so wie wir es zurzeit auf deiner Oberfläche erkennen können, mit ihrem widersinnigen Verhalten zum körperlichen Leben. Damit meine ich – ihr zügelloses essen, trinken und vermehren. Alle übrigen gesellschaftlichen Verhaltensweisen haben sich diesem „Dogma" unterzuordnen. Alle vorhandenen Ressourcen werden über das normale Maß hinaus verbraucht und sie selbst, also die Menschen, ersticken förmlich in ihren Abfällen. Die Pflanzenwelt, die Tierwelt und die Menschen auf der Oberfläche deiner liebevollen Kuller werden krank. Diese Entwicklung wird die Menschheit nicht überleben. Diese körperlich denkenden Lebewesen der höheren geistigen Ordnung, und die Betonung liegt dabei auf „denkende", liebe Mutter Erde, als nimmersattes Ungetier in seiner Gesamtheit beurteilt, wird - wenn es dieses verantwortungslose Leben nicht unverzüglich ändert, auf deiner Oberfläche nicht mehr anzutreffen sein. Ein Trost für dich mag bleiben, liebe Mutter Erde. Die Pflanzenwelt und die Tierwelt werden darüber nicht traurig sein.

Auf die Krankheiten, die auf deinen Körper zukommen werden, kommen wir sicherlich noch zu sprechen. „Liebe Mutter Erde, können meine Ausführungen deine Fragen ausreichend beantworten? Was meinst du dazu?" „Ich sehe ein, dass meine Kinder, also die Menschen, derzeit in einer entscheidenden Verhaltenskrise verfangen sind. Ich meine damit ihr „Denken" zum Leben nach dem körperlichen Tod. Einesteils haben die verstaubten Vorstellungen über selbstgebastelte Götter mit ihrem Himmelreich in ihren Denkzentrum keinen mentalen Raum mehr, weil – eben weil sie klüger geworden sind. Andererseits können sie mit der dadurch eingetretenen mentalen Leere über die geistige Existenz eines Danach, noch nichts „Konkretes" für sich selbst erkennen. Also, was bleibt? Ja was wohl? Die Gier, mit ihren Komplizen erkennt solche Verhaltensschwächen und bringt sich mental in Stellung. Nicht zu vergessen ihre Erfüllungsgehilfen, also die Wirtschaftszweige, die für die Herstellung und den Verkauf der Güter notwendig sind, um das Verhalten zum Essen, Trinken, und zur Vermehrung so richtig in Schwung zu bringen. Ebenfalls wichtig, der ganze Bereich Marketing, um emsig diesen abartigen Konsum als Ersatz für eine neue Lebensqualität anzupreisen und mit Nachdruck zu vermarkten. Sollte so ein prächtig fahrender Konsumzug, an dem wenige Menschen natürlich kräftig verdienen, widererwarten ins Stocken geraten – ja gut, dafür gibt es keine Götter mehr, die das regeln könnten, dafür aber mediale Werbeunternehmen, die den scheinbar stockenden Konsumzug wieder ordentlich Fahrt verleihen werden.

So, liebe Mutter Erde, und nicht anders verläuft das derzeit auf deiner Oberfläche. Würde dieses Geschehen nur mit einem Bruchteil der jetzigen Bevölkerung geschehen, wäre das sicherlich kein Problem für die Umwelt deiner Erdoberfläche. Aber bitte, wer soll dann mit erheblich weniger Menschen mehr Geld verdienen wollen. Die Gier würde sich schön bedanken. Nein, nein – so funktioniert das nicht. Es gilt, wie von mir bereits erwähnt - das „Schüren" des immer „Mehr" und „Mehr" wollens. Und wie du das bei deinen Kindern leicht feststellen kannst, es funktioniert prächtig. So - jetzt erstmal Schluss damit und wieder zurück zu unserem Thema - Klimaveränderung.

Dieser von mir bereits erwähnte Erwärmungstrend setzt absehbar nicht nur die Ökosysteme der Erdoberfläche, sondern auch den zehn Milliarden Menschen, die derzeit auf deiner Erde leben, erheblichen Belastungen aus. Ich denke dabei an die zunehmende Luftverschmutzung, an die knapp werdenden Trinkwasserressourcen und an die massenhafte Verseuchung von Nahrungsquellen durch giftige Algenarten.

Welche konkreten Schlussfolgerungen sollten wir, jedenfalls aus unserer Sichtweise, für den Planeten Erde aus solchen gravierenden Veränderungen für das gesamte Ökosystem und für alle Arten des Lebens auf der Erde ziehen? Bitte, liebe Mutter Erde, lass dich durch meine Gedanken nicht verängstigen.

Besonders schmerzhaft wird es deine Kinder, also die Menschen treffen. Sie werden in erster Linie das ausbaden müssen, was sie sich selbst in den letzten zweihundert Jahren eingebrockt haben. Wie man das auf der Erde so schön formulieren würde. Es trifft die Lebewesen auf der Oberfläche, und in diesem großen Lebensbereich deine Kinder, also die Menschen. Pflanzen und Tiere sind davon natürlich nicht gänzlich ausgenommen. Sie werden sich, davon können wir ausgehen, in Laufe der nächsten zwei Millionen Jahre davon wieder erholen können. Als Geistwesen wäre es für mich als auch für Estrie kein Problem, das zu kontrollieren. Als Geistwesen leben wir ja ewig.

„Deine Worte, „ES", machen mir Angst!" „Keine Sorge, liebe Mutter Erde, du wirst das alles überstehen. Deine Lebenserwartung rechnen wir Geistwesen ja in Milliarden von Jahren. Also, lass mich folgendes noch dazu sagen.

Nehmen wir für den Anfang den Bereich Politik im weitesten Sinn des Wortes. Einmal losgelöst von den unterschiedlichen Regierungssystemen, die sich auf den verschiedenen Landesteilen herausgebildet haben, wird einhellig von fast allen Bevölkerungsgruppen der fortschreitende Klimawandel als eine extrem ernste Gefahr für den Frieden auf der Erde beurteilt. Ein aus wissenschaftlich kompetenten Experten organisiertes Beratungsgremium bezeichnete in letzter Zeit den jetzigen Klimawandel als eine existenzbedrohende Gefahr für die gesamte Bevölkerung der Erde.

In den Ressourcenkonflikten um bewohnbare Landflächen und zunehmend knapp werdender lebensnotwendiger Güter, habe der Klimawandel als Wirkungsfaktor bereits eine feste, unverrückbare Position bezogen. Kriegerische Auseinandersetzungen werden zunehmend mit aller zur Verfügung stehenden Gewalt unbarmherziger ausgefochten. Die noch agierenden Weltreligionen und größeren Glaubensgemeinschaften haben es da etwas einfacher. Sie beurteilen diese lebensbedrohende Veränderung als Strafe Gottes. Mit ihm sich verbal darüber auseinanderzusetzen dürfte schwierig werden. Rücksichtsvoll formuliert! Wenn wir uns gedanklich wieder dem extrem ansteigenden Bevölkerungswachstum unter wirtschaftlichen Gesichtspunkten zuwenden, dann drängt sich folgerichtig die derzeitig sehr hohe Überbevölkerung in das Bewusstsein vieler Menschen ein - diesmal nicht nur als Klimaproblem. Dass

Menschen rücksichtslos in sehr kurzen Zeiträumen große Waldflächen abholzen und niederbrennen, um landwirtschaftliche Nutzflächen für die Ernährung dieser wachsenden Zahl von Menschen zu gewinnen, ist nicht zu übersehen. Es ist kurzfristig gehandelt, und die schädlichen Folgen dieser Handlungen fallen den Menschen nach wenigen Jahren auf die Füße. Ebenso typisch für dieses widersinnige, und von der Profitgier von wenigen Menschen getriebene Handeln, wie das industrielle Verheizen von Kohle, Gas und Erdöl, reihen sich in solche, abartigen Verhaltensweisen ein. Natürlich lässt sich auch nachvollziehen, dass Menschen in ihrem Bemühen nicht verhungern zu müssen, keine besondere Rücksicht auf die Umwelt nehmen wollen, unabhängig davon, welchen Schaen sie dabei an ihrer Umwelt anrichten. Der einzelne Mann, die Frau oder das Kind denken in solchen lebensbedrohenden Situationen nur an sich selbst. Auch verständlich! Wer verhungert bei körperlich denkenden Lebewesen der höheren geistigen Ordnung schon gern freiwillig. Die Menschen verhalten sich da nicht viel anders.

„Das hört sich für mich als Mutter meiner Kinder nicht sehr hoffnungsvoll an, „ES". Was sollten sie tun, und was sollten sie tunlichst unterlassen, um ihre Lebensperspektive wieder ins rechte Licht rücken zu können. „Gute Frage, liebe Mutter Erde. Ja, was sollten sie schnellstens unternehmen, diese aufrecht stolzierenden Zweibeiner, wenn ich das mal etwas salopp formulieren darf.

Erstens - kurzfristig dem Bevölkerungswachstum sofort und nachhaltig Einhalt gebieten - und

Zweitens – die Anzahl der Gesamtbevölkerung der Erde auf den Stand von vor zweitausend Jahren reduzieren - natürlich friedlich, versteht sich - und Drittens – unverzüglich mit diesen beiden Schritten beginnen und sie nicht, wohlgemerkt „nicht" auf die lange Bank schieben. Wie das im Volksmund der Menschen auf der

Erde so salopp gesagt wird. Das könnten sie möglicherweise völlig human, schmerzfrei und für alle Bürger der Erde in menschenwürdiger Weise erreichen. Sollten sie diese drei Schritte vollziehen, müssten sie sich über die vorhandenen Ressourcen ihres Landes, über saubere Luft und trinkbares Wasser für alle keine Sorgen mehr machen. Was allerdings nachhaltig kräftig zu zügeln wäre, ist ihre Gier nach immer mehr von diesem „Mehr"! Das müsste eigentlich zu schaffen sein. Denn Geld, und überhaupt alle begehrenswerten materiellen Werte sind nicht alles im relativ kurzen Leben von körperlich denkenden Lebewesen der höheren geistigen Ordnung. Wer weiß das besser als wir Geistwesen. So, jetzt erstmal Schluss mit diesem Thema. „Hast du noch Fragen dazu, liebe Mutter Erde?" „Nein, "ES". Was ich von dir und Estrie zu hören bekam, ist zwar bedrückend für mich, aber – es besteht ja, wie du sagtest, auch Hoffnung auf Besserung. Sollte es nicht so kommen, und meine Kinder auf der Erdoberfläche von der Gier doch nicht lassen können - ja was dann? Vermutlich wird der letzte Überlebende der Menschheit, bevor ihn die Klima-Apokalypse verschlingt, in den verblassenden Himmel schreien – „hätten wir doch". „Was meinst du dazu, liebe Estrie?"

„Ich denke, liebe Mutter Erde, wir sollten von deinen Kindern nicht gleich zu viel erwarten, und ihnen die Zeit geben, sich dahin zu entwickeln, wo wir sie gerne sehen wollen. Ob es ihnen gelingen wird, werden wir erfahren. Wir lassen es für jetzt erstmal gut sein. Ich möchte mit „ES" zusammen einen Ausflug zu meinem Heimatplaneten Venus unternehmen. Du kannst ja in der Zwischenzeit etwas ausruhen und darauf achten, dass deine übermütigen Zweibeiner, wie sie „ES" scherzhaft einmal nannte, sich möglichst friedfertig weiter entwickeln werden. Die Entwicklung deiner Kinder ist in manchen Bereichen zwar mehr als schrecklich dumm. Trotzdem glaube ich, dass die Vernunft bei ihnen eine Chance haben wird. Zwar eine kleine davon, aber es gibt sie. Solltest du unsere Hilfe benötigen, dann rufe gedanklich nach uns, wir werden dich nicht im Stich lassen. Wir wünschen dir, liebe Mutter Erde, eine gute Zeit und freuen uns auf ein Wiedersehen mit dir."

Danke für eure hilfreichen Gedanken. Ich rufe euch, wenn es notwendig sein sollte. Saust schon los, wenn ich das mal so ausdrücken darf. Ich werde erstmal schlafen und hoffen, dass meine Kinder, während ich ruhe, sich aus lauter Gier und Raffsucht nicht gegenseitig umbringen." „Das hoffen wir auch, liebe Mutter Erde."

Muss ich sterben

Es ist wie eine Krankheit der Menschen, dass sie ihre eigenen Fehler vernachlässigen, und dafür auf den Feldern anderer nach Unkraut suchen.

Alte Chinesische Weisheit

Schmerzhafte Stiche auf der Erdoberfläche reißen den Geist von Mutter Erde aus seinen Träumen. Die angenehmen und erlebnislustigen Traumerlebnisse lassen sie vergessen, dass sie ja eigentlich ein Planet, also ein Himmelskörper ist, und kein denkendes körperliches Lebewesen der höheren geistigen Ordnung auf zwei Beinen, wie das ein Geistwesen einmal etwas locker formulierte.

Sie wunderte sich schon sehr, wie sie als kleines Kind ihres Planeten auf der Erdoberfläche entlang, vorbei an wunderbaren Landschaften, grünen Wäldern und ein Meer von duftenden Wiesen, spazieren gehen konnte. Eigentlich gar nicht so besonders ungemütlich, wenn ich mal etwas kleiner bin als sonst, überlegt sie belustigt. Auch schön, dass ich die Früchte meines Schaffens körperlich fühlen kann, denkt sie noch voller Bewunderung.

Die schmerzhaften Berührungen auf ihrer Oberfläche lassen nicht nach und werden zunehmend unangenehmer. Es dauert noch eine geraume Zeit, bis sie sich aus ihrer Traumwelt befreien kann, und in der Wirklichkeit ankommt. Irgendwas ist während ihres Schlafens auf der Oberfläche geschehen, das im krassen Widerspruch zu der Zeit steht, in der sie mit zwei Geistwesen, „ES" und Estrie, diskutierte. Sie spürt immer deutlicher und leider auch zunehmend schmerzhafter, dass auf einigen Landgebieten und Ozeanen ihrer Oberfläche irgendetwas nicht stimmen kann. Jedenfalls hören die Schmerzen nicht auf. Sie sind nicht unerträglich, aber lästig wäre auch nicht der richtige Ausdruck dafür. Es schmerzt, und das muß ja nicht sein, überlegt sie ärgerlich. Ich werde mich wohl der Sache annehmen müssen, und die beiden liebevollen Geistwesen um Hilfe rufen. Sie könnten es möglicherweise wissen und mir vielleicht erklären, was hier vor sich geht.

Ohne Schwierigkeiten kann sie feststellen, dass auf zwei Landflächen ihrer Oberfläche eigenartige längliche Metallkörper mit Feuer und Getöse durch die Luft fliegen. Tiere sind das nicht, überlegt sie mühsam, die kenne ich doch alle. Kaum schlagen diese Ungetüme auf dem Boden auf, gibt es riesige Explosionen, wie bei Vulkanausbrüchen. Sie kann sich trotz gründlicher Überlegungen nicht erinnern, dass es auf ihrer Oberfläche Lebewesen geben soll, die ein derartiges Feuerwerk anrichten können. Was soll denn das eigentlich noch alles werden – und überhaupt, was stellen diese riesigen Detonationen noch an? Sie zerstören buchstäblich große Teile meiner Landschaften - geht's noch! Außerdem spüre ich eine eigenartige, zunehmende energetische Strahlung, die ich nicht einordnen kann. Jetzt ist Schluss mit meiner Geduld! Es wird Zeit, dass meine Kinder, so sie die Ursache dafür sind, zur Ordnung gerufen werden. Wo bleiben nur „ES" und Estrie? Ich könnte ihre Hilfe wirklich dringend gebrauchen.

„Jetzt sei halt nicht so ungeduldig, liebe Mutter Erde, wir sind ja gleich bei dir. Wir haben ja in unserem letzten Gespräch schon Vermutungen darüber angestellt, dass eventuell üble Dinge auf deinem Planeten in Gang kommen könnten, aber ganz so schlimm haben wir uns das wirklich nicht vorgestellt! Das ist ja mehr als gefährlich. Wie ist deine Meinung dazu, liebe Estrie?" Ich sehe das nicht anders als du „ES". Hier scheint ja die Bestie Krieg, wie wir Geistwesen das von der Menschheit geschaffene Ungeheuer bezeichnen, im Siegesrausch ihr verbrecherisches Handwerk auszuüben!"

„Erstmal danke für euer Kommen, liebe Estrie. Was meinst du mit der Bestie Krieg? Was soll denn das für eine psychisch niederträchtige Gestalt sein?" „Über Kriege, mit ihren schrecklichen Ereignissen, haben wir zwei uns mit dir ja schon ausgiebig unterhalten. Die Bestie Krieg ist, wie du sie ja bereits zutreffend charakterisiertest, ein geistiges Wesen der dunklen energetischen Strukturen des materiellen Universums. Es ist darauf aus, die übelsten Charaktereigenschaften von körperlich denkenden Lebewesen der höheren geistigen Ordnung für sich zu gewinnen und sie für ihr verbrecherisches Handeln nutzbar zu aktivieren. Aus meiner Sicht, und „ES" wird darüber nicht anders denken, ist die Bestie Krieg das verbrecherischste Geistwesen im materiellen Universum, das nichts anderes mental bewegt, als die von „ES" so bezeichneten „Zweibeiner" der körperlich denkenden Lebewesen der höheren geistigen Ordnung bei ihren abartigen Handeln mit großer Hingabe mental zu beeinflussen." „Sag mal, Estrie, könntest du und „ES" dieses Ungetüm nicht in einem schwarzen energetischen Loch verschwinden lassen? Solche gewaltigen Energiezentren soll es ja im materiellen Universum geben. Und was ich bis jetzt so erfahren habe, soll man da auf keinen Fall wieder herauskommen." „Nein! Leider nicht, liebe Mutter Erde! Das hat die Schöpfung so vorgesehen, und wir als Geistwesen können daran nichts ändern." „Könntest du, liebe Estrie, mir etwas mehr über dieses Ungeheuer erzählen, und was es vielleicht noch alles so anstellen wird, außer dass es meinen schönen Planeten in eine leblose Wüste verwandeln möchte?" „Kann ich, liebe Mutter Erde, kann ich! Aber zur Beruhigung trägt das nicht bei. Es ist ein sehr dunkles Kapitel aus dem materiellen Universum, und ich erzähle sehr ungern darüber.

So - jetzt zu diesen vermaledeitem Ungeheuer! Denke so, als seiest du so ein Monster und du würdest so handeln wie diese schreckliche Bestie." „Das kann ich nicht, Estrie! Das ist mir höchst unangenehm, na eigentlich viel mehr als das! Und was ich dabei überhaupt nicht von der Schöpfung verstehen kann - erst erschafft es so ein widerliches Ungetüm, lässt es alle möglichen Gräueltaten vollbringen und wenn die Opfer dieser Missetaten vor Schmerzen und Elend kaum noch schreien können, ist es auf seinen Ohren, wenn ich das mal so ausdrücken darf, völlig taub. Ich finde das nicht besonders lustig! Gelinde formuliert." „Wir können dir diese Frage auch nicht beantworten, liebe Mutter Erde." „Na, danke - das Thema mit meinen Fragen an die Schöpfung hatten wir ja schon, und wie das für mich als Planeten ausgehen würde, weiß ich ja bereits." „Zugegeben, liebe Mutter Erde, das mit der „Bestie Krieg", die von der Schöpfung geschaffen wurde, ist nicht so schrecklich wie man das auf den ersten Blick meinen könnte. Du erinnerst dich sicherlich an das Thema mit dem riesigen gedeckten Tisch. Wir haben vor geraumer Zeit gemeinsam darüber gesprochen. Auf dem alles für die Zweibeiner, also für denkende körperliche Lebewesen der höheren geistigen Ordnung auf der Oberfläche deines Planeten zu haben ist, so sie es wollen." „Stimmt, ich kann mich gut an dieses Thema erinnern." „Jetzt stell dir diese Bestie Krieg vor, die über diesem Tisch schweben würde und nur darauf lauert, dass sich deine Menschen wie hungrige Tiere auf die Platte stürzen um so viel wie möglich, und so viel sie können, an sich zu raffen. In diesen Zusammenhang erinnerst du dich bestimmt an deine interessante Frage – warum essen und trinken meine Kinder so zügellos.

Natürlich lässt sich die Bestie Krieg so eine Gelegenheit nicht entgehen und stachelt deine Menschen - ob nun Männer, Frauen oder Kinder - geistig so richtig auf, damit sie womöglich in ihrer Rafferei ja nicht innehalten, oder möglicherweise auf die Idee kommen würden, dass sie das alles überhaupt nicht brauchen. Wohin dieses sinnlose Raffen letztlich führen kann, weißt du ja, liebe Mutter Er-de." „Weiß ich, Estrie! Das ist einfach widerwärtig und ohne jeglichen Verstand. Sich nur aus lauter Habgier die eigenen Taschen füllen, obwohl sie bereits überlaufen, das verstehe wer will, ich je-denfalls nicht!" „Liebe Mutter Erde, die Bestie Krieg ist doch nur ein Erfüllungsgehilfe für sehr schlechte Charaktereigenschaften, wie sie von der Schöpfung bei allen denkenden körperlichen Lebewesen der höheren geistigen Ordnung bereits in ihren Genen angelegt sind. Und wenn es um das Anstiften, Auslösen und die Durchführung von Kriegen geht, braucht man sie, also diese miserabelsten Charaktereigenschaften wie Habgier und Hass besonders. Weil, eben – weil diese beiden das Übelste von allen Übeln sind, die man sich ausdenken kann. Diese abgrundtiefe und verabscheuungswürdige Abschlachterei ihrer eigenen Art, liebe Mutter Erde, ist bei den Menschen auf deiner schönen liebevollen Erde besonders ausgeprägt. Damit das möglichst so bleibt, schuftet diese Bestie Krieg Tag und Nacht und ist unaufhaltsam darauf bedacht, wenn es geht, viele Zweibeiner für seine grauenvollen Untaten zu gewinnen und von ihnen nicht abzulassen.

Ganz sachlich betrachtet, ist diese Bestie Krieg eigentlich nur ein mentaler, grell schillernder Lockvogel für bestimmte üble Charaktereigenschaften der Zweibeiner. Entweder sie fallen darauf rein, oder eben nicht. Tun sie es, dann ist das wahrlich eine schlimme Sache. Nicht für alle Zweibeiner – natürlich nicht. Aber für alle, die sich verführen lassen. Es kommt nicht selten im materiellen Universum vor, dass durch so ein abartiges Verhalten, natürlich mit großer mentaler Unterstützung dieser Bestie Krieg, viele Zweibeiner auf grausame Art sterben müssen. Ja, sich die gesamte Bevölkerung eines bewohnbaren Planeten vernichtet. Übrig bleiben vielleicht ein kleiner Bereich der Pflanzenwelt und wenige Tierarten, die sich eventuell nach einer lang andauernden Zeitepoche von den Untaten der Zweibeiner erholen können.

„Das könnte ja möglicherweise auch etwas Gutes bewirken, liebe Estrie?" „Wie meinst du das, liebe Mutter Erde, ich kann das nicht erkennen." „Wenn solche kriegerischen Abschlachtereien auf bewohnbaren Planeten zum völligen Untergang der dort lebenden Spezies Zweibeiner, ich meine natürlich die denkenden körperlichen Lebewesen der höheren geistigen Ordnung führen würde, hätte ja diese Bestie Krieg niemand mehr, mit denen es seine abartigen, schrecklichen Spiele treiben könnte, Estrie?" „Für den einzelnen Planeten, wie zum Beispiel deinem Planeten, trifft das zu, liebe Mutter Erde. Bedenke bitte bei deinen Überlegungen, das materielle Universum ist riesig in seinen Ausmaßen, und diese Bestie Krieg sucht sich eben einen anderen bewohnten Planeten für seine grausamen Spiele. Die Erde ist ja nicht der einzige bewohnte Planet im materiellen Universum, auch wenn es Menschen auf deinen Planeten gibt, liebe Mutter Erde, die das glauben – eben glauben." „Warum ist das so, liebe Estrie? Und jetzt sag mir bitte nicht, ich soll meine Frage an die Schöpfung richten." „Nein, das sage ich nicht! Deine Frage berührt ein Thema, das sich wirklich nicht so schnell im Denkzentrum verfestigen wird. Ich verspreche dir, dass wir uns darüber noch unterhalten werden. Sprechen wir vorerst über deine Schmerzen, die du zunehmend auf deiner Oberfläche empfindest. Was ich als Geistwesen dazu sagen kann ist, dass es auf deinen Planeten derzeit wirklich nicht human und friedlich zugeht. Oder beurteile ich das falsch, „ES?" „Nein, liebe Estrie, die jetzigen Zustände auf der Erde erinnern mich sehr an schlimme Vorgänge auf deinen Heimatplaneten Venus. Und wie das endete wissen wir ja." „Laß uns darüber bitte nicht reden, allein schon die Gedanken daran lassen mich leiden, „ES". Wieder zurück zum Planeten Erde.

Die Vernunft hat es derzeit nicht leicht, liebe Mutter Erde, bei deinen Kindern Gehör zu finden. Sie lassen sich allzu leicht von der Gier nach immer mehr und mehr verleiten und scheuen dabei keine Untaten, ihre Ziele, ohne Rücksicht auf ihre Umwelt zu nehmen, praktisch umzusetzen. Die für dich sehr schmerzhaften Einschläge auf deiner Oberfläche sind das Werk deiner Zweibeiner. Die Vernunft ruft ihnen doch ständig zu, dass das körperliche Leben jedes Zweibeiners, um bei der Bezeichnung zu bleiben, nur auf einen kleinen Zeitraum befristet ist. Und jeder nach Ablauf seiner

Lebensspanne in einem tiefen Loch begraben und anschließend verfaulen wird. Was soll also das ganze gierige Geraffe nach Dingen, die sie überhaupt nicht brauchen? Und was ist mit ihrem Bewusstsein und ihrem Verstand? Wo sind beide, und was wird aus ihnen?" „Was fragst du mich das, liebe Estrie? Woher soll ich das alles wissen?" „Entschuldige bitte, liebe Mutter Erde, die Frage war eigentlich so gedacht, dass ich sie selber beantworten sollte. Zu meiner Frage zurück – was wird aus ihrem Geist, also dem Bewusstsein eines denkenden körperlichen Lebewesens? Wenn ich das Ichbewusstsein so bezeichnen darf. Das beginnt an dem Tag, an dem der Körper eines Menschen tief in die Erde verbuddelt wird, einen an-deren Lebensweg. Und der Energieinhalt des Ichbewusstseins, das sich während des denkenden körperlichen Lebens auf einem bewohnbaren Planeten und aufgrund des Handelns und Verhaltens seines Wirtskörpers, also eines denkenden körperlichen Lebewesens der höheren geistigen Ordnung aufgebaut hat, wird den weiteren Weg seines geistigen Lebens bestimmen.

So, jetzt aber wieder zu dir, liebe Mutter Erde, und zu deiner liebevollen Kuller."

„Was ist auf meinem Planeten alles passiert, „ES" - liebe Estrie? Ich habe ja geschlafen und muss auf vollendete Tatsachen blicken, die mir meine Kinder eingebrockt haben." „Das ist richtig, liebe Mutter Erde. Für dich hat so eine Entwicklung des ständigen Mehr und Mehr der Menschen auf deiner Oberfläche auch ganz erhebliche Nachteile!" „Ach nein!" „Aber ja! Hör zu, ich versuche dir das behutsam zu erklären."

Wie ich schon sagte, dieses ständige Mehr und Mehr – dieser unersättliche, zügellose Hunger deiner Kinder, hat sein begründbares Negativum, ganz besonders für dich, liebe Mutter Erde, und für deine Kinder, also für die Menschen natürlich ebenfalls. Spannt man den Bogen der Betroffenen etwas weiter, berührt so eine Entwicklung natürlich auch die Pflanzenwelt und die Tierwelt. Mit ih-rem Verhalten verbrauchen die Menschen immer mehr, als auf dei-ner Oberfläche nachwachsen kann." „Und wie, Estrie, könnten sie das nachhaltig ändern?" „Gute Frage! So, wie es ihnen scheinbar immer besser geht, wird es deinem Planeten zunehmend schlechter ergehen. Um das zu ändern, gibt es eine einfache Lösung. Entweder sie raffen, verbrauchen und bereichern sich mit spürbar weniger von dem was du ihnen zur Verfügung stellst, oder sie regeln ihre Geburten so, dass sich die Bevölkerung der Erde in absehbarer Zeit auf maximal zwei Milliarden Bewohner einpendeln wird und sie nicht ständig mehr werden." „Wie kommst du ausgerechnet auf die Zahl von zwei Milliarden, Estrie?" „ Ich kenne bewohnte Planeten, ähnlich wie die Erde mit einem nachhaltigen Lebenswandel, deren Bewohner auf ein gutes Auskommen für alle Formen des Lebens achten und damit auch gut zurechtkommen.

Wenn die Menschen auf ihren Planeten so weiter leben, werden sie das ganz sicher nicht überstehen." „Und was geschieht dann mit mir, als Planet, liebe Estrie?" Muss ich auch sterben?" „Nein, liebe Mutter Erde. Du würdest eine ziemlich lange Zeit schlafen, bis sich deine Oberfläche von den angerichteten Schäden deiner Kinder erholt hat. Jetzt mach dir darüber erstmal keine Sorgen, soweit ist es ja noch nicht." „Könntest du, liebe Estrie oder du „ES" mir nicht sagen, was mir schlimmstenfalls passieren könnte? So unwichtig ist das ja für mich nicht!" Keine Sorge, liebe Mutter Erde, ich komme ganz bestimmt auf deine Frage zurück – ganz sicher! Noch ist es nicht zu spät für eine gedeihliche Entwicklung deiner Kinder und überhaupt für die Pflanzenwelt und die Tierwelt. Lass mich noch kurz beschreiben, was sich bis zu deinem Erwachen ereignete."

In der Zeit deiner geistigen Abwesenheit, hat sich auf deinen Planeten ja noch allerhand ereignet. Wie du weißt, sind die unterschiedlich großen Landflächen verschieden geologisch strukturiert. Auf den Gebieten, die sich mehr in Richtung Äquator befinden ist, bedingt durch die Sonneneinstrahlung, die Lufttemperatur relativ hoch. Wasser, das die Menschen zum Leben zwingend benötigen, ist da sehr knapp. Rücksichtsvoll formuliert. Nicht alle von ihnen leben ja am Ufer der großen Ozeane, sondern mehr im Inneren des Landes, was durchaus selten auf vergleichbaren Planeten zu beobachten ist. Die Pflanzenwelt ist, bedingt durch den Wassermangel im Landesinneren nicht besonders ausgeprägt. Dadurch konnte und kann sich die Tierwelt in ihrer Vielfalt nicht so ent-falten, wie das wünschenswert wäre.

Die auf diesem Landesteil lebenden Männer, Frauen und Kinder haben wahrlich kein leichtes Leben und müssen für ihre Lebensgrundlagen, das sind in erster Linie natürlich die täglich benötigten Nahrungsmittel, mühsam erarbeiten. Einigen von deinen Kindern wird zunehmend bewusst, dass sie selbst bei intensiver Verbesserung der Bodenstruktur, der Pflanzenvielfalt und der intensiven Bewässerungsanlagen, keine spürbare Verbesserung des Wachstums für pflanzliche Produkte zu ihren Gunsten schaffen werden. Das wäre allerdings dringend erforderlich, um eine entsprechend große Tierzucht zur Verbesserung des Nahrungsangebotes zu erreichen.

Der Weg aus diesem Dilemma kann nur darin bestehen, so die einhellige Meinung der Wissenschaftler, dass sie sich umgehend technologischen Themen und Aufgaben zuwenden sollten. Gegebenenfalls schafft das die Grundlagen dafür, mit Bewohnern der Länder, die nicht in solchen warmen Klimazonen leben, eine für beide Seiten nützliche Wirtschaftsbeziehung zu entwickeln und zu fördern.

Zu diesem Zeitpunkt der Not, kamen einige Wissenschaftler auf völlig ausgefallene und skurrile Ideen. Um möglicherweise das

Problem der Ernährung zu lösen, wollten sie versuchen, durch komplizierte chemische Verfahren den vielen Sand auf der Oberfläche ihres Landes in verdauungsfähige Stoffe für die hungernden Menschen zu verarbeiten.

Ein weiterer Vorschlag, der in den engeren Kreis ihrer Überlegungen fiel, und heftig diskutiert wurde, war eigentlich ganz einfach. Zwar völlig abartig - aber nach einhelliger Meinung der Wissenschaftler wirkungsvoll. Die vorgetragene Meinung resultierte aus der zwanghaften Notlage, und war in der Sache selber scheinbar unkompliziert und relativ zügig und praktisch umsetzbar. Verstorbene Menschen, gleich welchen Alters, sollten nicht mehr in der Erde vergraben werden, sondern durch entsprechende „Behandlung" und „Verarbeitung" in Tablettenform für die Ernährung der noch Lebenden zur Verfügung stehen. Wie du ja auf deiner Oberfläche beobachten kannst, wurde auch dieser Vorschlag nicht in die Praxis umgesetzt.

Aber gut - lassen wir diese absonderliche und höchst unvernünftige Thematik. Zurück zu deinen unangenehmen Schmerzen, die dich, liebe Mutter Erde, wohl nicht so schnell loslassen wollen.

Gedanklich waren wir bei den wachsenden Problemen der ansteigenden Temperaturen stehengeblieben, und deren schädliche Folgen für die Umwelt, den Naturhaushalt und für deine Zweibeiner.

Besonders für die angesiedelten Menschen auf den Landesteilen in der geografischen Nähe des Äquators, die sowieso schon sehr warme Temperaturen zu ertragen haben, werden die weiter ansteigenden Hitzegrade für die dort lebenden Männer, Frauen und Kinder unerträglich und lebensbedrohend. Ein möglicher Ausweg aus der bereits erkennbaren Katastrophe war die kühne Idee einer Gruppe von Wissenschaftlern. Das Wasser der Meere und Ozeane ist ja generell für Menschen kein unüberwindbares Hindernis. Und die

Vielfalt der Wasserpflanzen- und der Tierwelt unter Wasser und auf dem Grund der Ozeane, versprachen als nutzbare Nahrungsquelle eine mögliche Rettung in dieser lebensbedrohenden Situation. Das Problem für die Menschen war im eigentlichen Sinne nicht das Wasser, sondern die fehlende Luft im Wasser für die lebensnotwendige Atmung. Sie können ja nicht so wie die Tiere im Wasser leben. Also begannen sie emsig zu experimentieren. Mit bestimmten Lebensbausteinen der Atmungsorgane von Menschen und genetischen Bausteinen von ausgewählten Wassertieren, bemühten sie sich ohne Unterlass eine Lösung dafür zu finden, damit Männer, Frauen und Kinder wie die Tiere im Wasser leben können. Heraus kam, bei all den Experimenten, ein so genannter Amphibienmensch. Also ein körperlich denkendes Lebewesen der höheren geistigen Ordnung, das sowohl für eine bestimmte Zeit im Wasser, als auch eine begrenzte Zeit auf dem Land leben kann. Um das zu ermöglichen, wurden bestimmte Organe in dem Körper des Menschen so genetisch verändert, dass sie für beide Lebensformen den notwendigen Sauerstoff ihrem Körper zuführen konnten.

Trotz dieser erheblichen Veränderungen im Inneren ihres Körpers, besaßen sie nach wie vor ihre ursprüngliche Gestalt. Auch andere Körperfunktionen wurden davon nicht zu ihrem Schaden beeinflusst oder verändert. Ihre Außenhaut wurde so genetisch angepasst, damit ein schnelles und kraftsparendes Gleiten im Wasser möglich ist, und die Körpertemperatur sich durch den längeren Aufenthalt im Wasser nicht zu schnell abkühlt.

Nach dem erfolgreichen genetischen Eingriff, begannen sie sofort mit dem Bau von komplexen Wohnanlagen, die zwar unter Wasser, aber in der Nähe der Küste angelegt wurden. Ganze Produktionsstätten und Verwaltungseinrichtungen wurden unter die Wasseroberfläche verlagert. Übrig blieben nur Fabriken, die vorwiegend mit gefährlichen Stoffen arbeiteten, oder Produktionsanlagen, die eine Menge Abfälle entsorgen müssen. Großräumige, absperrbare Unterwassergehege zur Züchtung von essbaren Wassertieren, und eine Bodenaufbereitung riesiger Unterwasserflächen zum Anbau von verwertbaren Algen, folgten unmittelbar darauf. Viele Menschen, die nicht mehr in das Programm der Umwandlung aufgenommen werden konnten, mussten elendlich mit dem Hungertod um das tägliche Überleben kämpfen, oder verloren in den gefährlich ansteigenden Temperaturen ihr Leben. Ein Teil der Bevölkerung auf dem trockenen sandigen Landesteilen nahe dem Äquator, konnte sich in die schützenden Wohnanlagen unter Wasser retten, und ein neues Leben beginnen. Daraus ableitend für den Beobachter erwarten zu wollen, dass nun die Vernunft die Oberhand im Denken und Handeln bei den Menschen siegen würde, der wurde schnell eines Besseren belehrt.

Auch das gemeinsame Wohnen im Wasser verlief nicht ohne Einschnitte für das tägliche Leben. Streng wurde darauf geachtet, dass wenigstens die Kinder, die bereits von Geburt an die Fähigkeit besaßen, sowohl auf dem Land als auch im Wasser zu leben, nicht zu tode kamen. Sie sollten ja die Grundlage für das Bestehen ihrer Art sein. Alles in allem, ein gewagtes Experiment, mit Aussicht auf eine vom Erfolg getragenen Entwicklung.

Die Rechnung der Wissenschaftler war so eigentlich nicht schlecht, aber eben wie so oft, nicht zu Ende gedacht. Und somit musste der Ausgang dieses durchaus gewagten Experimentes zumindest mit einem Fragezeichen versehen werden. Denn die Ursachen, und das tragische Übel für die Flucht ins Wasser, waren letztlich die steigenden Temperaturen in der Lufthülle deines Planeten, liebe Mutter Erde. Das haben sie mit den veränderten Lebensbedingungen hin in Richtung Wasser, nicht gelöst. Nach wie vor wurde durch die geschaffenen technischen Veränderungen und den rasant anwachsenden Verbrauch von Naturstoffen, Bodenschätzen und fossilen Energieträgern, die aufwendige und abfallbelastende Herstellung künstlicher Produkte und der ständig wachsende Energiebedarf nicht nachhaltig eingeschränkt, so dass der Weg der Genügsamkeit beschritten werden könnte. Mit der Folge, dass deinem Planeten, liebe Mutter Erde, nicht ausreichend Zeit gegeben wurde, sich vom ungebrochenen Raubbau durch deine Zweibeiner zu erholen."

„Was bedeutet das ganz konkret für mich, liebe Estrie?" „Das lässt sich leicht sagen – so schwer ist das nicht zu erkennen, und zu verstehen – lass dir das weiter erzählen. Oder möchtest du noch einige Gedanken hinzufügen, „ES"?" „Nein, liebe Estrie, ich werde später möglicherweise nochmals darauf zurückkommen." „Also gut, liebe Mutter Erde, dann mal weiter mit meinen Gedanken."

Die Temperaturen werden ganz sicher weiter ansteigen, was letztlich dazu führen wird, dass auch die Wassertemperatur der Ozeane weiter in die Höhe klettern wird. Mit der Folge, dass die Existenz für die vielen Wassertiere langfristig betrachtet, zwangsweise zu Ende geht. Der Sauerstoffgehalt, der im Wasser gebunden ist, wird mit steigender Wassertemperatur abnehmen, und zum Leben für die Tierwelt unter Wasser nicht mehr ausreichend vorhanden sein. Gleiches gilt natürlich auch für deine Kinder auf der Erde. Sie werden das gleiche Schicksal erleiden und sterben müssen. Trotz ihres kühnen Vorhabens wird ihnen, im wahrsten Sinne des Wortes, die Luft ausgehen. Die Möglichkeit ihr Leben auf dem Land weiter zu führen, wird ihnen wegen der hohen Temperaturen nicht möglich sein.

Die Nahrungsgrundlage wird ihnen im Wasser nicht mehr zur Verfügung stehen, das lässt sich jetzt schon mit Sicherheit sagen. Allenfalls können sie vielleicht diesen Prozess verzögern, wirklich helfen wird ihnen das bemerkenswerte Vorhaben nicht. Am Ende wird der sichere Tod stehen, das musst du in deinem Denken mit berücksichtigen – ob sie auf dem Land leben oder im Wasser, wird daran nichts ändern. Ihr Weg in die Ozeane verzögert nur das

Ende, mehr aber auch nicht. Dabei ist der Lösungsansatz zum relativ ungestörten Leben auf deinem Planeten so einfach. Wir beide haben ja schon mehrmals darüber gesprochen. Eine vernünftige Geburtenregelung, und etwas mehr Genügsamkeit im Verbrauch, und schon wären die übelsten Ursachen für die massive Bedrohung ihrer Existenz behoben. Keine Sorge, liebe Mutter Erde, die Temperatur auf deiner Oberfläche wird sich auf lange Sicht gesehen wieder abkühlen. Erleben werden deine Kinder diese Zeit allem Anschein nach nicht mehr. Für dich wird das bestimmt ein trauriger Prozess werden. Ich kann das wirklich sehr gut nachfühlen, liebe Mutter Erde.

Du wirst noch eine sehr lange Zeit das Leben genießen können, und wer weiß, vielleicht wachsen wieder Zweibeiner heran die, so wollen wir doch hoffen, mehr auf die Vernunft hören und nicht dem verlockenden materiellen Angebot gleich welcher Art, unaufhaltsam gierig hinterher hetzen."

„Das ist ja schrecklich, liebe Estrie! Wirklich – das ist furchtbar! Woher weißt du das alles?" „ES" hatte dir bei unserem ersten Zusammensein gesagt, dass sich solche Abläufe im Verhalten bei einigen denkenden körperlichen Lebewesen, wie hier bei dir auf der Erde, auf bewohnbaren Planeten wiederholen. Manchmal mehr oder weniger krass, als hier bei dir auf deiner Oberfläche. Das Ende ist jedoch immer gleich grausam für die betroffenen Lebewesen."

„Sag mal, Estrie, so unglaublich unklug und zum Teil gewissenlos können doch meine Kinder nicht sein um zu wissen, welche Folgen ihr Handeln haben wird?" Möglich, liebe Mutter Erde, schon möglich. Unwissend wie ein Kamel sind deine Kinder ja nicht. Sie sind sich durchaus, jedenfalls die meisten von ihnen, ihres Handelns und dessen Folgen daraus durchaus bewusst. Am Ende ihrer ausflüchtigen Denkprozesse steht meist das kleine Wörtchen „aber", eben, und dort hofft es auf „vernünftige Antworten". Stattdessen muss es sich flüchtige, inhaltslose Ausreden anhören – leider! Sie sind im hohen Maße uneinsichtig und leider, jedenfalls in ihrer Mehrheit, sehr gierig. Das Wort Vernunft haben sie samt seinem geistigen Inhalt aus ihrem Gedächtnis gestrichen – und zwar vollständig! Sie können einfach ihren Hals nicht voll bekommen, wie das bei den Menschen auf der Erde so treffend formuliert wird. Obwohl sie eigentlich keinen richtigen Hunger mehr haben. So ist das, liebe Mutter Erde. Und wenn ich dir sage, wie das bei dir voraussichtlich ausgehen wird, dann deshalb, weil ich solche Entwicklungen auf einigen bewohnbaren Planeten verfolgen kann." „Du bist sicher, liebe Estrie, und auch du „ES", dass meine Zweibeiner das nicht überleben werden? Ich frage das nur noch mal, weil mich das alles sehr, sehr traurig macht." „Ich habe dazu keine andere Meinung als Estrie, Liebe Mutter Erde. Es wird so, wie Estrie das bereits sagte, eintreten. Es wird noch eine gewisse Zeit dauern, bis das Ende der Zweibeiner zu erkennen ist, aber - es kommt so!"

„Ich kann das, was „ES" dazu sagte, nur bekräftigen. Bei unseren Beobachtungen deiner Kinder haben wir die absonderlichsten Vorschläge erfassen können. Anstatt sich zu bemühen, das eigentliche Problem, also wie schon mit dir besprochen, liebe Mutter Erde, die rasant anwachsende Erdbevölkerung und die Gier nach möglichst immer mehr und mehr vernünftig zu lösen, konzentrierten sich die Gedanken der herrschenden Obergurus nur darauf, wie sie mit Gewalt, also durch Kriege, viele Menschen ausrotten könnten, und – so das wichtigste Ziel – ihre Macht zu festigen wäre. Nicht zu vergessen ihr Vermögen. Das sollte sich möglichst ordentlich vermehren."

„Furchtbar, liebe Estrie! Trifft das auf alle meine Kinder zu, gleich auf welchen Landesteilen sie wohnen?" Eigentlich schon! Was sie gegebenenfalls unterscheidet, ist die praktische Vorgehensweise, also die operativen Methoden des sich gegenseitigen Vernichtens.

Lass dir dazu einige Beispiele erzählen, was in den Köpfen einiger dieser Obergurus und ihren wissenschaftlichen Erfüllungsgehilfen so herumgeisterte.

Bestimmten einflussreichen wirtschaftlichen und politischen Obergurus war das mit der Umwandlung der Menschen dafür, dass sie auch im Wasser leben können, zu simpel. Außerdem, wo bliebe bei dem ganzen Aufwand ein entsprechender finanzieller Nutzen, den man ja erreichen möchte. Die betroffenen Menschen sind zwar von der Erdoberfläche verschwunden, aber besiegt sind sie deshalb noch lange nicht. Und ohne einen klaren Sieg kann man nichts einfordern. Wie sollte so was praktisch umsetzbar sein?! Und so meinten sie einhellig - der Gegner hat ja eine Menge zum Einkassieren. Allein die riesigen Rohstoffvorkommen und das Geldvermögen sollte man sich doch nicht einfach entgehen lassen. Wenn schon ein Krieg sein muss, dann ein richtiger Krieg, der möglichst auch was einbringt.

Trotz aller Bemühungen der beauftragten militärischen Einheiten, so richtig vorwärts wollte es mit der Planungsvorbereitung nicht kommen. Alle vorgebrachten strategischen Ideen dauerten in ihrer Umsetzung zu lang, oder waren einfach so nicht wirksam genug, wie es notwendig sein sollte. Das änderte sich schlagartig, als eine kleine Gruppe von Wissenschaftlern zur Beratung hinzugezogen wurde, die bereits an geheimen Projekten arbeiteten.

Der Vorschlag, der aus dieser Gruppe präsentiert wurde, war ungeheuerlich. Es sei ihnen gelungen, mit den Kräften der Sonne zu arbeiten, und in diesem Zusammenhang haben sie einen Sprengstoff entwickeln können, der alles was man bisher kannte in den Schatten stellen würde. Mit Hilfe von so genannten Superraketen, wollten sie - gleich den gewaltigen Eruptionen auf der Sonne, dieses Feuer auf das Festland mit seinen Wasserbewohnern transportieren, was dort zu verheerender Zerstörung führen würde.

Diesen Angriff würde kein Erdenmensch überleben können, ganz gleich wie tief er sich in der Erde verbuddelt, oder einmauert. Die Tier- und Pflanzenwelt wäre natürlich auch komplett ausgelöscht. Für die, die sich in den Tiefen des Ozeans aufhalten, gäbe es ebenfalls keine Rettung. Für diese große Gruppe von Männern, Frauen und Kindern beabsichtigten sie, mit dem Einsatz der Sonnenkraft, das Wasser bis zu einer Tiefe von fünftausend Metern zum Kochen zu bringen. Die Chance, das zu überleben wäre gleich Null. Das Festland dieses Landesteiles würde Stück für Stück mitsamt der dort lebenden Bevölkerung in den Fluten des Ozeans verschwinden. „Liebe Estrie, bitte jetzt mal langsam. Nicht nur dass sie sich gegenseitig umbringen wollen, zerstören sie mit der praktischen Realisierung ihrer raffgierigen Pläne meine schöne Oberfläche mit al-lem was darauf wächst und lebt. Da hört sich ja alles auf. Das kann ich nicht zulassen, Estrie! So wie ich das überprüfen kann, haben sie damit auch noch nicht angefangen." „Schon, liebe Mutter Erde, die Entscheidung gegen dieses Vernichtungsprojekt war knapp auf Kante. Das komplette Versenken des trockenen Landesteiles wurde komplett fallengelassen, aber nicht aus Rücksicht auf seine Bewohner, sondern weil dadurch alle Bodenschätze, die man selbst gern zu Tage fördern möchte, dadurch in den Tiefen des Ozeans verschwinden würden. Bestimmte Kreise aus der Gruppe der Obergurus von industriellen Landesteilen, wollten das aus verständlichen Gründen natürlich tunlichst vermeiden." „Haben sie auch, oder Estrie?" „Streng genommen nur teilweise! Der Ausgangsplan, der die vollständige Vernichtung der im Wasser lebenden Amphibienmenschen und der Männer, Frauen und Kinder die noch in den Wüstengebieten ihr karges Leben fristen, wurde aufgegeben. Anstelle dieser menschenverachtenden Planung bildeten sie zwei spezielle Arbeitsgruppen, um entsprechende Varianten zu prüfen, die weniger krassen Schaden anrichten, und einen entsprechend wirtschaftlichen und finanziellen Nutzen bringen könnten. Eine von diesen beiden Teams sollte sich mit der effizienten Vernichtung der Bewohner beschäftigen die überflüssig sein würden, ohne dass dabei die Ressourcen des Landes beschädigt werden, und die andere Gruppe sollte sich bemühen, mit weitreichenden Raketen einen anderen Planeten zu besetzen, der in der räumlichen Nähe der Erde seine Kreisbahn um die gemeinsame Sonne eingenommen hat. Dabei sollten ausgiebige Untersuchungen vorgenommen werden, inwieweit vorerst sehr einfache Lebensverhältnisse für ausgesuchte Menschen, vermutlich ihre Obergurus und deren Erfüllungsgehilfen, praktisch zu realisieren wären, die für einen zeitlich unbegrenzten Aufenthalt geeignet sein könnten." „Sag mal, liebe Estrie, einige meiner Zweibeiner wollten tatsächlich zu einem meiner Nachbarplaneten fliegen? Wenn ich könnte, würde ich mal so richtig kräftig lachen." „So skurril wie das auch klingen mag, genau das hatten sie vor. Und wie du gleich erfahren wirst, haben sie es auch erreicht." „Ach nein!" „Doch – haben sie!" „Wie haben sie das fertiggebracht, und wohin sollte ihre Raketenreise gehen?"

„Wie du weißt, existiert in deiner Nähe der Planet Merkur. So bezeichnen jedenfalls die Menschen diesen Planeten. Er umkreist mit einem sehr knappen Abstand die Sonne und ist dadurch den heißen Sonnenstrahlen im erheblichen Maße ausgesetzt. Die Temperatur auf seiner Oberfläche ist tagsüber extrem heiß, und nachts ist es bitter kalt - gelinde ausgedrückt. Von allen Planeten, die in diesen Sonnensystem ihre Bahn ziehen, ist er der Kleinste." „Vielleicht mag er die Wärme, liebe Mutter Erde. Und nachts, wenn es schön kalt ist, kann er besser schlafen und sich langsam wieder abkühlen. Das ist doch auch ein schönes Wechselbad für seine Gefühlswelt – natürlich auch für seine Oberfläche." „Aus seiner Sicht mag das ja zutreffen. Körperlich denkende Lebewesen der höheren geistigen Ordnung, also zum Beispiel die Menschen, müssen da schon andere Überlegungen anstellen. Für sie ist es völlig unmöglich, dass sich unter solchen lebensfeindlichen Umweltverhältnissen überhaupt die einfachsten Lebensmöglichkeiten entfalten können. Jedenfalls werden Zweibeiner bei solch heißen Temperaturen am Tag, und nachts extremen Minusgraden, nicht ohne Schutzanzüge leben können. Wasser, ohne dem nichts wachsen und gedeihen kann, gibt es nicht auf dem Merkur. Dieses wertvolle Nass würde bei diesen heißen Tagestemperaturen auf der gesamten Planetenoberfläche schnell zu Wasserdampf, und verschwindet aufgrund einer fehlenden Atmosphäre im Weltraum. Sauerstoff, ohne dem Menschen nicht leben können, gibt es auch nicht. Kurz und bündig, ein dauerhaftes Leben, gleich welcher Art, ist auf der Oberfläche vom Planeten Merkur nicht möglich. Da können deine Zweibeiner ihren Geist anstrengen wie sie wollen. Es würde auch auf weite Sicht nicht das eigentliche Problem lösen, Merkur als Ersatzlebensraum für einen Teil der Menschen zu nutzen." „Und dahin wollten meine lieben Zweibeiner mit ihren Raketen fliegen? Sag mal, liebe Estrie, das ist doch wirklich mal was Lustiges." „Aber nein, liebe Mutter Erde, woher sollten sie das alles wissen, was wir bereits gut kennen? Also machten sie sich auf dem Weg, um nachzusehen, ob sie möglicherweise, falls der Einsatz ihrer Waffen mit der Kraft der Sonne misslingen sollte, eventuell auf der Oberfläche vom Planeten Merkur leben könnten. Wie das ausging, kannst du dir ja denken. Mehrere Versuche, um überhaupt auf dem Merkur landen zu können, misslangen. Erst der achte Versuch brachte den erhofften Erfolg, und gleichzeitig auch die nüchterne Erkenntnis, dass der Merkur für ein Leben der Menschen völlig ungeeignet ist.

Also begann das Spiel von vorn." „Ja gut, und wohin sollte es diesmal gehen? Der Merkur kommt ja nicht mehr in die engere Auswahl, bleibt ja nur der Mars und die Venus übrig. Wen von den beiden wollten sie als nächstes anfliegen?" „Das ist schnell erzählt, liebe Mutter Erde. Eigenartigerweise entschieden sie sich für den Planeten Mars. Vermutlich deswegen, um sicher zu gehen, nicht wieder auf einer zu warmen Kuller zu landen. Der Mars ist, wie du weißt, wesentlich weiter von der Sonne entfernt, als der Merkur. Genauer gesagt, hat er den weitesten Abstand von der heißen

Kugel, und dürfte, so die Überlegung von einigen deiner Erdbewohner, eigentlich nicht zu warm sein. Die bisher benutzten Raketen waren für die wesentlich weitere Reise nicht geeignet, also musste die gesamte Expedition auf die geänderten Bedingungen gründlich umgerüstet werden, um Fehlschläge auf ein Minimum zu reduzieren.

All die dafür erforderlichen Maßnahmen und Arbeiten gelangen ihnen in einer verhältnismäßig kurzen Zeit. Um den weiten Anflug bis zum Mars erfolgreich zu meistern, waren drei Versuche notwendig. Zwischenzeitlich hielt man ein wachsames Auge auf die Menschen, die sich in den Ozeanen aufhielten schon deshalb, um Gewissheit darüber zu haben, inwieweit sie mit ihren ungewohnten Lebensbedingungen zurechtkommen würden und ob sie eventuell an aktiven Kriegsvorbereitungen arbeiten.

Die Enttäuschung war groß, als die Forschungsgruppe die Marsrakete verließ, und die Oberfläche des Planeten betrat. Die Temperaturen auf dem Mars waren einfach viel zu kalt. Auch hier war ein Leben, ob für Pflanzen, Tiere und Zweibeiner, auch aufgrund des äußerst geringen Anteils an Sauerstoff in der Luft, und sehr wenig Wasser auf und im Boden, völlig unmöglich. Ob es gelingen würde, auf lange Sicht gesehen, diesen Mangel durch den Einsatz von modernster Technik für die Erhaltung des Lebens zu ersetzen, blieb doch außerordentlich fraglich."

„Du bist sicher, dass sie damit rechnen, dass meine schöne Kuller für meine menschlichen Zweibeiner vielleicht unbewohnbar werden könnte?" „Ihre Handlungen sprechen jedenfalls dafür, liebe Mutter Erde." „Na danke, und was wird aus mir, Estrie? „Ich bitte dich, liebe Mutter Erde, bleib bei allem was geschehen mag gelassen. Wir denken und leben doch nicht wie diese denkenden körperlichen Lebewesen der höheren geistigen Ordnung, also auch wie deine Menschen auf der Erdoberfläche. Wir nutzen unseren Geist in kosmischen Dimensionen. Du existierst doch als ein Planet, und nicht als menschlicher Zweibeiner - entschuldige bitte, war etwas salopp formuliert." „Stimmt auch wieder. Und wie geht das alles auf meiner Oberfläche weiter?" „Entspann dich und laß dir das erzählen!"

Nach dem Desaster des Marsbesuchs richtete sich ihr Augenmerk auf die Venus. Praktisch beurteilt, war das ja die letzte Möglichkeit, um auf einem anderen Planeten vielleicht wieder von vorn beginnen zu können, falls auf der Erde auch die einfachsten Lebensbedingungen nicht mehr existent wären. Sachlich überlegt, so meinten sie hoffungsvoll, müsste auf der Venus, aufgrund ihres Abstandes zur gelben Sonne, die Temperatur auf der Oberfläche ganz verträglich sein. Vielleicht etwas wärmer wie auf der Erde, aber doch so, damit die dort lebenden Pflanzen und Tiere existieren können. In-wieweit sich bereits Zweibeiner, also körperlich denkende Lebewesen der höheren geistigen Ordnung entwickelt haben könnten, kam bei solchen Überlegungen vorerst nicht sonderlich in Betracht. Gesagt getan - ohne Zeitverzögerung wurden zwei Raketen mit ausgesuchten Mannschaften in Richtung Venus geschickt. Die Mitglieder der Forschungsgruppe bestanden vorwiegend aus Wissenschaftlern, Technikern, Militärs und Kindern."
„Wieso nehmen sie auf so eine gefährliche Reise Kinder mit, liebe Estrie?" „Vermutlich gingen sie bei ihren Überlegungen davon aus, dass eine Rückkehr zur Erde aus technischen Gründen nicht mehr möglich sei. In so einem Fall wollten sie vermutlich die Möglichkeit absichern, dass eigene Weiterleben auf den Planeten Venus zu ermöglichen." „Ach so – und warum Männer mit militärischer Ausbildung." „Wie heißt es bei den Militärs so schön - „der deutlich schlechtere Teil der Vernunft ist, in Blindheit zu handeln"." „Nein, liebe Estrie, den Spruch kenne ich nicht. Wenn ich es allerdings recht überlege, passt es zu ihnen. Sie neigen dazu, erst auf andere einzuschlagen, und dann zu fragen, ob man vielleicht gemeinsam was unternehmen könnte. Witzig Estrie, wirklich witzig, oder?!"

„Was sagt du mir das, ich kann es nicht ändern, selbst wenn ich es wollte."

Mitten in das Gespräch von Estrie und der Mutter Erde, platzt die alarmierende Meldung, dass sich von der Küste der heißen und sandigen Landesteile, große militärische Fahrzeugansammlungen zügig in Richtung der Landgebiete bewegen, deren klimatische Verhältnisse noch relativ erträglich sind. Alle weiteren Maßnahmen und Arbeiten, an dem Programm zur Erforschung der Venus, wurden sofort eingestellt. Ab sofort übernahmen die Herrn des Militärs und die vielen Kämpfer in Uniform das Sagen, um alle notwendigen Handlungen und entsprechende Gegenmaßnahmen zur Abwehr der drohenden Gefahr einzuleiten. Die von der Gegenseite begonnenen kriegerischen Maßnahmen wurden als derart bedrohlich eingestuft, dass nicht erst groß mit einfachen Abwehrmaßnahmen herum gefackelt wurde. Die bereits seit längerer Zeit in Stellung gebrachten Raketenbatterien, voll betankt mit der unbändigen Kraft der Sonne, die allerdings in ihrer Wirksamkeit deutlich geringer dosiert wurden, starteten sofort in Richtung Landesteile des Gegners und seiner gesamten Küstenfront.

„Wie du sicher leicht feststellen kannst, liebe Mutter Erde, sind wir mit dem Geschehen auf deiner schönen Kuller in der Jetztzeit angekommen. Ab jetzt erleben wir gemeinsam, also „ES", ich und du liebe Mutter Erde, alles so wie es derzeit geschieht, also jetzt."
„Ja gut, wenn das wirklich so ist, kann ich ja alles direkt erleben, liebe Estrie, wie große Menschenmassen auf meiner schönen Erde drauf und dran sind, meine blühende Oberfläche, mit allem was darauf wächst und lebt zu zerstören, na danke?!" „Ist das so, Estrie - ist das wirklich so wie ich denke? Bitte sag mir die Wahrheit. Ich habe Angst um mein Leben!" „Liebe Mutter Erde, um einen Planeten zu zerstören bedarf es anderer Kräfte als jene, die deine Zweibeiner mobilisieren können, das ist so!" „Danke, Estrie und auch dir "ES", und was soll ich jetzt unternehmen?" „Nichts, wirk-

lich liebe Mutter Erde. Unternimm nichts! Lass sie werkeln – du wirst erleben wie das ausgeht. Was bei den Verursachern der kommenden Katastrophe höchst fraglich sein wird. Ihr ganzes gewaltsames Handeln hat den Pfad der Vernunft verlassen und wird nur noch von der haltlosen Gier und vom unbändigen Hass beherrscht. Die Bestie Krieg erlebt hautnah die Früchte ihres geistigen Schaffens bei ihren Opfern, den Menschen.

Der menschenverachtende, rücksichtslose Einsatz von hemmungslosen Vernichtungswaffen, wie sie augenblicklich verwendet werden, wird unter der gegnerischen Seite ein verheerendes Unheil anrichten. Besonders für die Männer, Frauen und Kinder, die bereits unter Wasser leben, ist das mehr als grausam was sie jetzt erleiden müssen. Die Verwendung dieser Art Sprengstoffe wird bei der Explosion das Wasser regelrecht zum Kochen bringen, so dass die dort lebenden Menschen elendlich sterben werden, ohne auf Rettung hoffen zu können. Nicht einer von ihnen wird das Massaker überleben, das ist sicher. Möglicherweise werden sich die, die das angeordnet haben besinnen, wenn sie feststellen, was geschehen ist. So sie das dann noch können. Vielleicht wird sie diese Erkenntnis dazu bringen, sich in ihrem gesamten Verhalten zu ändern. Die Möglichkeit haben sie und wegnehmen wird sie ihnen keiner. Es kann durchaus möglich sein, dass eine völlig andere Entwicklung eintritt, genau lässt sich das noch nicht feststellen."
„Was meinst du damit, Estrie?" „Die Waffen, die sie derzeit einsetzen, haben kurzfristig, also in dem Moment wo sie auf der Oberfläche eines Landesteiles aufschlagen und explodieren, eine verheerende Wirkung für die gesamte Umwelt. Dabei bleibt es in den meisten Fällen nicht." „Kannst du mir erklären, was dabei passiert?" „Kann ich!"

Durch die hohen Temperaturen, die bei der Detonation freigesetzt werden, bleibt in einem großen Umkreis nur verbrannte Asche übrig. Außerdem verursacht die Hitzewelle starke Stürme, bei dem kein Stein auf dem anderen bleiben wird. Kurz gesagt – alles was von deinen Zweibeinern in mühevoller Arbeit aufgebaut wurde, also - alle möglichen Gebäude, Wohnanlagen und große Werke, werden hinweggefegt und vernichtet.

Der blindwütige Einsatz dieser Waffen birgt allerdings noch eine andere Gefahr in sich, die unter Umständen viel gefährlicher sein wird, als das was jetzt geschieht. Man wird das nicht sofort erkennen können, weil die Auswirkungen viel später zu spüren sein werden." „Muss ich mich davor fürchten, und wieso merke ich auf meiner Oberfläche noch nichts davon. Die Kraft der Sonnenstrahlen ist doch schon sehr lange auf meinem Planeten, Estrie?" „Das stimmt schon, liebe Mutter Erde, und weil das so ist, dass bei solchen Verbrennungsprozessen auf der gelben heißen Kugel nicht nur warme Strahlen und helles Licht abgestrahlt werden, sondern auch andere energetische Strahlen, die wesentlich gefährlicher für die Pflanzenwelt, die Tiere und besonders für die Zweibeiner sein können, sorgt eine große Lufthülle für einen notwendigen Schutz der verhindert, dass diese Strahlen auf der Erdoberfläche auftreffen können und dabei alles Leben zerstören würden. Aber wieder zurück zu deinen wildgewordenen Zweibeinern!

Wenn deine Kinder auf der Oberfläche mit den Kräften der Sonne unbedacht umgehen, entstehen dabei möglicherweise auch lebensbedrohende Strahlen. Die schützende Lufthülle kann sie nicht abwehren, weil sie nicht von außen kommen, sondern auf der Oberfläche des Planeten entstehen werden, und deine menschlichen Zweibeiner direkt treffen können. Wie das für sie ausgehen wird, darüber werden wir beide uns zu einem späteren Zeitpunkt unterhalten.

Ein gefährliches Experiment

Eine wahrscheinliche Unmöglichkeit ist immer einer unwahrscheinlichen Möglichkeit vorzuziehen.

Aristoteles

Wir sind alle ständig Teil eines Experimentes, nur manche merken das nicht. Aber die, die die Experimente machen, sind ebenfalls wieder Teil eines Experimentes.

Wolfgang J. Reus

Bedauerlicherweise sind nicht nur große Bevölkerungsteile dieser menschlichen Zweibeiner eben dabei, sich gegenseitig auf die abartigste Weise abzuschlachten, sondern sie experimentieren geradezu mit leidenschaftlicher Begeisterung, allerdings auch blind vor Geltungsdrang, mit den kleinsten Bausteinen der Materie herum so, als seien es Kieselsteine.

Ausgewählte Forschungsgruppen aus dem Bereich der Kernphysik bemühen sich derzeit mit großem Eifer schlauer zu sein, als die Schöpfung des Universums selbst." „Wie meinst du das, liebe Estrie?" „Gute Frage, liebe Mutter Erde. Solltest du einverstanden sein, könnte dir das „ES" praxisbezogener erklären. Ich kann an seinen Gedanken erkennen, dass er sich bereits damit beschäftigt, oder irre ich mich diesbezüglich „ES"." „Nein, liebe Estrie! Also gut, dann lasst mich einiges dazu sagen.

Die von diesen auserwählten Wissenschaftlern unternommenen Experimente bedrohen mit ihren gewagten Versuchen das materielle Universum, liebe Mutter Erde." „Ach nein! Und was wollen sie mit solchen unsicheren Unternehmen erreichen, oder auf was soll das alles abzielen, „ES"?" „Darauf eine logisch vertretbare Antwort zu geben fällt schwer, liebe Mutter Erde. Ständig sind sie darauf bedacht, ihr Wissen zu erweitern, und ein angenehmes Leben zu führen. So weit so gut! Wenn da nicht ihr unbändiges Streben wäre, alles besser praktizieren zu können, und alles besser wissen zu wollen, als die Schöpfung das bereitstellt. Das behaupte ich aus Sicht einiger Wissenschaftler und nicht aus Sicht der vielen Menschen, die der Gier und der Macht nicht entsagen können." „Wollen meine kleinen menschlichen Zweibeiner, auf ihren zwei Beinen allen ernstes sich mit der Schöpfung anlegen, oder gar sich mit ihr geistig messen wollen, wer wohl der Beste und Klügste sei? Sonst fehlt ihnen wohl nichts, „ES"?" Na, ich darf doch da mal kräftig lachen!" „Ich kann deine Einstellung gut verstehen, liebe Mutter Erde. Lass dir erzählen was weiter geschehen wird.

Mit der Kriegsspielerei, wie ich dir bereits sagte, hat es diese Wissenschaftsgruppe nicht mehr so. Das überließ man den Militärs in ihren prächtigen Uniformen und großen Teilen der Bevölkerung. Sie haben wohl gemerkt, und am eigenen Leibe wohl auch spüren müssen, dass das auf Dauer gesehen keine wirklichen Lösungen schafft, sondern nur Leid, Elend, Schmerz und Tod. Und klüger, was sie eigentlich anstreben, macht sie das auch nicht. Ständig müssen sie das, was sie ohne Sinn und Verstand zerstören, wieder aufbauen. Zeit zum geistigen Verweilen und zum Nachdenken bleibt da nicht übrig. Zweifelsfrei anerkennen sollten wir trotzdem, liebe Mutter Erde, dass sie dieses unwürdige Verhalten, in erstaunlich kurzer Zeit hinter sich gelassen haben. Stattdessen konzentrieren sie sich nunmehr auf die Bildung und Ansammlung von Wissen, und von dem so viel und umfassend wie nur möglich. Sie sind wirklich sehr klug und technisch sehr weit fortgeschritten. In diesem Punkt sollte man sie ganz sicher nicht unterschätzen, liebe Mutter Erde. Mit ihren Raketen fliegen sie ja bereits zu anderen Planeten, die nicht so weit von der Erde entfernt sind. Sie erforschen auf ihnen umsichtig jede Möglichkeit, dass gegebenenfalls Menschen die Chance haben, sich auf lange Sicht anzusiedeln." „Ja gut, „ES", dagegen habe ich ja nichts einzuwenden, wenn sie sich in unserem Sonnensystem informieren wollen. Wenn sie dabei den ei-nen oder anderen bewohnbaren Planeten in ihrem erreichbaren Umfeld besetzen, ohne dabei das Leben des Planeten zu zerstören, können sie das meinetwegen einplanen und – so es machbar ist, auch verwirklichen. Hauptsache sie stellen keinen Unfug an, und experimentieren nicht auf der Oberfläche meiner Kinder herum. Auch wenn sie meinen sollten bereits besonders viel zu wissen, sind sie doch im Vergleich zu dem was sie wissen sollten, um mitreden zu können, relativ unwissend." „Das genau ist ihr Problem, liebe Mutter Erde, und natürlich in gewisser Weise auch ein Problem für das materielle Universum." „Wie meinst du das, "ES"?"

„Lass mich das mal so erklären, liebe Mutter Erde. Sie, also die Männer und Frauen in diesem wissenschaftlichen Kollegium, wollen etwas sein, was sie nicht sind, und genau das wollen sie nicht einsehen. Sie sind wie ein unwissendes Kind, das meint alles zu beherrschen. Das können diese menschlichen Zweibeiner vermutlich nicht, weil ihnen dafür der notwendige Geist fehlt, der erforderlich wäre, das so zu erfassen und zu verstehen, wie es zwingend erforderlich wäre, liebe Mutter Erde. Oder anders ausgedrückt!

Sie nehmen sich aus einer komplexen Kausalität ein Thema heraus, und bemühen sich, die Zusammenhänge, die in einer bestimmten Aufgabenstellung zu bilden wären, auf multidimensionale Strukturen zu übertragen. Das würde ja geistig noch zu bewältigen sein, wenn da nicht ein dicker Trugschluss in ihrem Denken einzementiert wäre. Stell dir gedanklich vor, liebe Mutter Erde, du würdest einen von diesen Wissenschaftlern fragen, wie er sich den Anfang oder das Ende des Universums vorstellt. Mit großer Wahrscheinlichkeit würde er sich um eine Antwort herummogeln. Stattdessen wird er versuchen aus dem Nebel des Nichtwissens Überlegungen zu präsentieren, an die er selbst nicht glaubt oder davon überzeugt wäre. Und warum weiß er es nicht? Weil ihm dafür der geistige Raum fehlt, in solchen Dimensionen zu denken. Sie verbinden ihre Erklärungsversuche zum Thema Universum mit dem Faktor Zeit. Wie wir beide wissen, gibt es keinen kausalen Zusammenhang in Bezug auf die Unendlichkeit des Universums mit der Zeit. Verdeutlichen könnte man diesem Wissenschaftler auf der Erde, dass an einem Beispiel.

Einmal unterstellt, das Universum dehnt sich mit gleichbleibender Energiegröße aus und nähert sich einer fiktiven Grenze. Dabei wird der Abstand von Umfanggröße zur nächsten Umfanggröße immer kleiner. Es wird die fiktive Grenze niemals berühren können. Der körperliche Abstand wird zwar immer kleiner, ist aber stets unendlich klein. Woraus man faktisch ableiten kann, dass es ein Ende für das Universum nicht geben kann.

Diese menschlichen Zweibeiner argumentieren mit dem Faktor der Zeit. Natürlich tun sie das! Die Zeit lebt von der Differenz - wie will man damit die Unendlichkeit erklären, ohne dabei einen Anfang und ein Ende definieren zu müssen?"

„Ich stimme dir zu, „ES". In ihrer geistigen Überheblichkeit wollen sie alles anders machen, als es die Schöpfung geschaffen hat. Und natürlich können sie das auch viel besser – versteht sich! Hast du mal ihre Denkzentren etwas näher untersucht, „ES"? Entschuldige bitte, ich kann das nicht so gut wie du als Geistwesen. Also die Stelle in ihrem Kopf, wo sich das Denken konzentriert. Hat sich vielleicht, so habe ich mir überlegt, was zu ihrem Nachteil verändert? Ich meine, möglich ist das ja. Wieso sollten sie plötzlich auf solche Gedanken kommen, mit denen sie derzeit sehr gefährliche Versuche unternehmen? Vielleicht hat sich ihr Denken in irrationale Bereiche verlagert, „ES" ? Langeweile kann es ja nicht sein, hoffe ich jedenfalls!" „Nein, liebe Mutter Erde, in ihrem Kopf, so meine Feststellung, ist noch alles in Ordnung, soweit ich das beurteilen kann." „Aber irgendwas denken und praktizieren sie doch scheinbar anders? Sonst bräuchten wir uns doch keine ernsten Sorgen zu machen, „ES"?" „Ich meine, liebe Mutter Erde, geändert hat sich nicht das „Wie" sie denken, sondern das „Was" sie denken." „Das haben wir beide ja eben diskutiert, „ES". Sie sind der festen Überzeugung, alles besser machen zu können, als was die Schöpfung bisher geleistet hat. Also gut, „ES", worin besteht, konkret gefragt, die drohende Gefahr von der du sprichst?" „Das ist schnell gesagt, liebe Mutter Erde – also hör zu!"

Es gibt zwei wesentliche Projekte in ihrem derzeitigen Forschungsprogramm, die ihre geistigen Betrachtungen antreiben. Was die Eile betrifft, mit der sie das alles unternehmen, sind vermutlich knappe Zeitressourcen. Sie scheinen auch die Triebfeder ihres derzeitigen Handelns zu sein.

Zum einem suchen sie nach einer neuen Waffe, um weitere bewohnbare Planeten unter ihre Herrschaft zu bekommen, und - so erforderlich, mit Waffengewalt einzunehmen und für immer zu besetzen. Dafür benötigen sie vermutlich völlig andere Sprengsätze, die weit über das hinausgehen, was sie bis jetzt haben, aber gern hätten, oder die sie relativ leicht produzieren könnten. Und das andere Feld ihrer Bemühungen sind neuartige Antriebssysteme für ihre interplanetarischen Raketen, mit denen es möglich sein sollte, auch weiter entfernte Planeten außerhalb des Sonnensystems anfliegen zu können. Mit dem jetzigen Rückstrahlsystem, das sie in ihren Raketen verwenden, ist das nicht möglich. Die Unmengen an Treibstoff könnten sie überhaupt nicht in den Raketen unterbringen, um dorthin zu gelangen, wo sie hin wollen. Das ist wieder so ein typischer Charakterzug ihres Denkens, in kleinen Segmenten von komplexen prozessualen Abläufen zu experimentieren. Sie ergreifen sich ein Thema aus dem Gesamtkomplex heraus, und forschen wie die Geisteskranken daran herum, um eine mögliche Lösung ihres Problems zu entwickeln. Natürlich mögen auch ein wirtschaftlicher Druck, strategische Überlegungen und das gierige Profitdenken bestimmter Kreise der zuständigen Industrie eine gewisse Rolle spielen. Ich will das nicht ausschließen, was allerdings die Art und Weise ihres Denkens nicht rechtfertigen würde.

Für uns Geistwesen ist das, was ich dazu noch sagen möchte, zwar leichte geistige Kost, aber für diese menschlichen Zweibeiner ist es durchaus ein ernster Anlass darüber wissenschaftliche Erkenntnisse zu sammeln. Um interplanetarische Flüge mit ihren Raumschiffen zu unternehmen, die deutlich weiter von ihrem Heimatplaneten Erde entfernt sind, benötigen sie ein völlig anderes Raketensystem, und neuartige energetische Antriebsmodule, als die bisher üblichen Rückstrahltriebwerke. Und wenn ich von Entfernungen spreche, meine ich dabei solche ab tausend Lichtjahre aufwärts. Für uns Geistwesen, im Vergleich zur räumlichen Ausdehnung des Universums, liebe Mutter Erde, bedeuten eintausend Lichtjahre nicht mehr als ein kleiner Spaziergang. So als würde der Bewohner eines Hauses auf der Erde mal schnell zu seinem Hausnachbarn laufen wollen. Für körperlich denkende Lebewesen der höheren geistigen Ordnung, also auch für deine menschlichen Zweibeiner, sind tausend Lichtjahre nicht überbrückbar. Auf keinen Fall ist das möglich! Von der Lebensspanne, die sie erreichen müssten, um solche weiten Flüge zu absolvieren, möchte ich gar nicht sprechen. Alles in allem ein echter Lacher, sich als menschlicher Zweibeiner kosmische Flüge, in Lichtjahren gemessen, praktikabel machbar vorzustellen!

Wieder zurück zur drohenden Gefahr, die aus den Experimenten von einigen deiner Wissenschaftler abzuleiten wären!

Das materielle Universum wird, wie du möglicherweise bereits wissen könntest, liebe Mutter Erde, von zwei mächtigen Energiefeldern beherrscht. Das eine ist zuständig für die räumliche Beschaffenheit, und das andere ist verantwortlich für die körperlichen

Massen in diesem Raum. Also deine Galaxien, Sterne und Planeten, die riesigen schwarzen Löcher, und vieles an anderen Materiekonzentrationen, die ich dir nicht aufzählen muss. Durch Zufall gelang es ihnen bei Versuchen und Tests, nahe an die energetische Existenz von Energieteilchen der zwei Energiefelder zu kommen. Der Schöpfung sei an dieser Stelle Dank, dass sie diese Teilchen so geschaffen hat, dass es wirklich nicht so einfach ist, sie in technischen Versuchen zu rekonstruieren. Diesen menschlichen Zweibeinern von deiner schönen Kuller, liebe Mutter Erde, scheint es gelungen zu sein, technisch nahe an die atomare Struktur dieser Teilchen heranzukommen. Sollte es ihnen gelingen, diese Teilchen in ihren Anlagen zu erzeugen, und sie sind tatsächlich auch kurz davor, würde das bedeuten, dass das bestehende Gleichgewicht, dass das materielle Universum energetisch zusammenhält, aus den Fugen geraten könnte. Die Folgen wären katastrophal! Diese beiden Energiefelder des materiellen Universums sind, in ihrer energetischen Zusammensetzung zueinander, ein Garant für die Stabilität dieses kosmischen Raumes. Gerieten sie aus dem Gleichgewicht, und dafür wäre nur eine winzige Veränderung des bestehenden Energiehaushaltes erforderlich, würden sie sich gegenseitig in einer extrem großen Energieentladung auflösen, und damit aufhören zu existieren. Das materielle Universum wäre von einem Moment auf den anderen nicht mehr existent. Die Schöpfung müsste, so das eintreten würde, alles wieder von vorn aufbauen. Ob das möglich wäre? Ich weiß es nicht! Und das nur, weil deine Zweibeiner mit kosmischen Vorgängen experimentieren, die sie völlig losgelöst vom universellen Zusammenhang behandeln. Wenn wir mit ihnen nach einer solchen Zerstörung, die sie verursachen würden, darüber reden könnten, käme vermutlich die Antwort - „woher sollten wir das wissen?!" Ja schön und gut - wer sagte ihnen denn, dass es n i c h t zu so einer Katastrophe kommen könnte, wenn sie mit Sachen experimentieren, die sie nicht verstehen?! Wirklich sehr witzig – wenn es nicht so furchtbar ernst wäre. In ihren Köpfen müsste man unauflösbar einspeichern, dass - sollten sie die

wirklichen Auswirkungen der technischen Versuche nicht genau umreißen können, sie tunlichst die Hände davon zu lassen haben."
„Ich verstehe, was du mir sagen möchtest „ES". So, wie sich meine Kinder derzeit mit allen möglichen Vernichtungswaffen bekriegen und umbringen, besteht wohl keine reale Möglichkeit, dass sie ihre wissenschaftlichen Experimente mit den kleinsten Bausteinen der Materie zu Ende führen werden. So, wie ich das beurteilen kann, werden vermutlich nur sehr wenige meiner Kinder auf der Oberfläche meiner liebenswerten Kuller das Desaster, das sie angerichtet haben, überleben. Und die vom Gemetzel verschonten Männer, Frauen und Kinder sollten sich wenigstens darum bemühen, ihr Leben zu erhalten, anstatt es gewaltsam auszulöschen, damit wenigstens der Fortbestand ihrer Rasse überhaupt eine Chance hat. Oder sehe ich da was völlig falsch „ES"? Und wenn ich dich schon frage, gleich noch eine Frage dazu. Wie kann es möglich sein, dass denkende körperliche Lebewesen der höheren geistigen Ordnung, meine menschlichen Zweibeiner gehören natürlich auch dazu, solche komplexe Experimente mit den Bausteinen der Natur durchführen, die ein ganzes Universum gefährden können? Ehrlich gesagt, ich kann mir das nur sehr mühsam vorstellen." „Bitte, liebe Mutter Erde, lass uns darüber ein anderes Mal diskutieren. Die Gefahr ist, so denke ich, vorüber und Sorgen müssen wir uns darüber nicht mehr als unbedingt notwendig machen.

Jetzt sag mir erstmal, wie du dich trotz, oder anders formuliert, gerade wegen all den schrecklichen Ereignissen auf deiner Oberfläche so fühlst?"

Haben meine Kinder eine Chance

Jener letzte Tag, vor dem du zurückschreckst, ist der Geburtstag der Ewigkeit.

Lucius Annaeus Seneca

So genau kann ich dir das nicht beschreiben, „ES". Ich habe so ein diffuses Gefühl in mir, als würden derzeit auf meinen Planeten schreckliche Dinge passieren. Nein! Keine riesigen Explosionen mit dem Feuer der Sonne! Mehr so langsam schwelende energetische Prozesse die, so befürchte ich, ganz erhebliche Einschnitte und Veränderungen für alle Lebewesen auf meiner Planetenoberfläche zur Folge haben werden. Es beängstigt mich sehr, „ES". Es wäre höchst töricht von mir, würde ich das vor dir und vor Estrie verschweigen wollen." „Ganz so Unrecht hast du mit deinen noch nicht eindeutig erkennbaren Gefühlen nicht.

Du erinnerst dich bestimmt noch an unsere Gespräche die wir in der Zeit führten, als eine bestimmte Gruppe deiner Zweibeiner mit dem Feuer der Sonne die anderen Bewohner vernichtete. Ich sagte dir damals, dass es bei solchen schrecklichen Waffeneinsätzen zwei verschiedene Wirkungsweisen gibt. Sobald diese von ihnen gebauten Bomben explodieren, entwickelt sich eine extrem große Hitzewelle, und alles wird in einem weiten Umfeld zu Asche verbrannt und zerstört. Bei solcher Art Detonation werden allerdings auch Strahlen freigesetzt, deren schreckliche und immer tödlich verlaufende Wirkung auf Lebewesen nicht sofort zu erkennen ist. Sie ist unsichtbar, aber trotzdem sehr gefährlich – und, sie breitet sich auf deiner gesamten Oberfläche aus. Alles was darauf lebt – deine Pflanzenwelt, die Tiere und natürlich auch deine menschlichen Zweibeiner, werden von der Strahlung erfasst. Sie dringt über ihre Haut und über ihre Atmung in die kleinsten Teilchen ihres Körpers ein und zerstört ihre Funktionen vollständig und auf Dauer." „Sind das die kleinen Teilchen, von denen du mir schon öfters erzähltest,

und aus denen alles auf meiner Oberfläche entstanden ist, „ES"?"
„Genauso ist es geschehen, und so geschieht es immer wieder im materiellen Universum. Letztlich ist deine schöne Kuller auch aus diesen Bausteinen entstanden. Wenn eine ganz bestimmte Strahlung, die von einer in der Nähe befindlichen Sonne kommt, auf deinen Planeten trotz einer schützenden Atmosphäre einwirken könnte, würde sich für alle Lebewesen eine lebensbedrohende Situation entwickeln." „Wieso, „ES"?" „Auch diese Strahlen würden die kleinen Bausteine der Lebewesen zerstören. Ein Leben wäre dauerhaft nicht möglich." „Heißt das, dass ich in Zukunft allein, ohne Lebewesen auf meiner Oberfläche existieren werde?" „Ich hoffe nicht, dass es so schlimm für dich kommen wird, liebe Mutter Erde. Wahrscheinlicher wird sein, dass deine Pflanzenwelt, die nicht von der Hitzewelle verbrannt wurde, sich wieder regenerieren wird, und bald wieder so ist, wie vor der Vernichtungswelle durch deine Zweibeiner. Bei der Tierwelt, vor allem für die , die auf dem Land lebten, kann es möglicherweise zu erheblichen Veränderun-gen ihres Körperbaues kommen. Im schlimmsten Fall werden sie durch massive Strahlenerkrankungen sterben. Langfristig, so denke ich, wird sich das wieder normalisieren. Solange du eine ak-tive Pflanzenwelt besitzt, wird sich wieder eine Tierwelt entwickeln können. Beide Lebensbereiche existieren in einer engen Wechselbeziehung zueinander und brauchen sich gegenseitig. Mach dir darüber nicht so viele Sorgen, das lebt sich wieder ein, liebe Mutter Erde, du hast ja viel Zeit." Ja gut, und was ist mit meinen Kindern, jedenfalls mit denen, die möglicherweise den schrecklichen Krieg so leidlich überleben könnten." „Für sie gibt es sehr wenig Hoffnung. Genauer gesagt, eigentlich überhaupt keine!"

„Wieso kommst du zu diesem Ergebnis „ES"? „Sie wurden ausnahmslos alle sehr großen Strahlenbelastungen ausgesetzt. Und selbst wenn sie das überleben, würde durch die ebenfalls belastete Nahrungsaufnahme und das Trinkwasser, ständig die Strahlendosis in ihrem Körper erhöht. Sie werden ganz sicher krank, an den

Folgen dieser Krankheiten sehr leiden und letztlich sterben. Das ist nicht mehr zu ändern, liebe Mutter Erde, so schmerzlich uns das auch berühren mag." „Warum sind diese kleinen Teilchen, aus denen wir vielen Plane-ten, Sonnen, Galaxien und das Leben selbst bestehen sollen, so empfindlich gegen bestimmte energetische Beeinflussungen, „ES"? Entschuldige bitte meine Frage. Existieren du, Estrie und die vielen anderen Geistwesen eigentlich auch aus solchen winzig kleinen Bausteinen des Lebens, wie du immer so schön sagst. Wie sich das vielleicht bei der Schöpfung verhält, getrau ich mich nicht zu fragen."

„Wenn du einmal ganz besinnlich in dir ruhst, und dich nichts ablenken würde, dann frag die Schöpfung. Glaube mir, sie wettert nicht mit dir. Sie hört dir zu - ganz sicher - vertrau mir!" „Also gut, wenn sie mit mir schimpfen sollte, schiebe ich alles auf dich, dass du's weißt!" „Also, ich fühle schon, liebe Mutter Erde, ich muß dir mehr über die Bausteine der Materie und die des geistigen Lebens erzählen, damit du besser verstehen kannst, wie die beiden sich zueinander verhalten und was sie miteinander verbindet. Hör zu, du kleine neugierige Kuller!" „Du immer mit deiner Kuller, ich bin ein gutaussehender, wunderschöner Planet, „ES"!" „Das stimmt, liebe Mutter Erde, aber Kuller klingt auch gut."

Also wieder ernst! Die Schöpfung von allem was uns umgibt, existiert ja nicht wie zum Beispiel ein menschlicher Zweibeiner von deinen Planeten, und läuft womöglich gemütlich durch die Landschaften auf bewohnten Oberflächen der vielen Planeten herum. Dabei würde sie auch noch sorgsam darauf achten, dass alles seine Ordnung hat, und sich alles gut entwickeln kann. Nein! Die Schöpfung ist ein geistiges, universelles Wesen, so wie Estrie und ich. Wir bestehen aus einer anderen Form des Lebens. Wir existieren in einer Welt, die nicht an das Kommen und Gehen des materiellen Lebens gefesselt ist. Wir bestehen aus einer unendlich großen und zeitlosen Konzentration von kleinsten Teilchen, die es nur so gibt und die für sich selbst existieren, denken und natürlich auch handeln können. Für uns gibt es keinen Anfang und kein Ende. Den Faktor Zeit, mit seinen unterschiedlichen Daseinsformen, gibt es in unserer Welt nicht. Nur wenn wir unsere Existenz eng mit der Zeit verbinden würden könnte es geschehen, dass wir geboren werden und sterben müssten. Dem ist aber nicht so!

Für uns existiert nur das ständige zeitlose Bestehen an sich. Unsere Existenz wird nicht durch das Gestern oder durch das Morgen bestimmt, sondern nur und ausschließlich durch das - Jetzt. Kannst du das verstehen, liebe Mutter Erde?" Ich gebe zu, es fällt mir schwer dir gedanklich zu folgen. So viel versteh ich immerhin „ES", wenn dem nicht so wäre, wie du das sagst, dann würde ein Leben für uns in der materiellen Welt so gut wie unmöglich sein, wenn ich das so einigermaßen verstanden haben soll. Die zeitlose Beständigkeit der Schöpfung gibt mir als Planet, mit allem was darauf wächst und lebt, und vielen anderen materiellen Lebens-formen in unserem materiellen Universum die notwendige Sicherheit für unser Leben. Es endet zwar, hat aber durch eure immer währende Stetigkeit - also, dass es euch immer gibt, und geben wird, wieder einen Anfang." „Sehr gut, liebe Mutter Erde, du hast das mit deinen Worten gut zum Ausdruck gebracht." „Eins verstehe ich immer noch nicht, „ES"?!" „Was kannst du nicht begreifen?" „Du, Estrie und die vielen anderen Geistwesen – die Schöpfung sowieso nicht, könntet sicherlich nicht verstehen, wenn so ein klei-ner, sterblicher Planet wie ich etwas Grundsätzliches an eurer Existenz nicht begreifen kann. Für euch ist das möglicherweise eine völlig abwegige Frage. Wenn ich immer existieren würde, käme ich vermutlich auch nicht auf so eine Überlegung." „Also, liebe Mutter Erde, was ist für dich so völlig unverständlich?" „Wie sind Geistwe-sen und die Schöpfung entstanden? Oder geboren worden? Wenn ich so einen Ausdruck dafür verwenden darf. Wo kommt ihr eigent-lich her? Wenn ich das fragen darf?! Oder gibt es das Woher bei geistigen Wesen nicht, „ES"? Entschuldige bitte meine ungeduldige

Neugier, wissen würde ich das schon gern wollen, oder möchtest du mit mir nicht darüber reden?" „Wie kannst du so was annehmen, liebe Mutter Erde. Ich freue mich, dass du danach fragst. Damit gehst du an die Wurzel des Bestehens von geistigen Wesen. Für so eine kleine liebe Kuller, wie du es bist, ist das schon bemerkenswert." „Wieso, „ES", ich kann so eine wichtige Frage nicht einfach verdrängen wollen. Ich kann mich dabei anstellen wie ich will, sie wühlt sich immer wieder in mein Denkzentrum, so sehr ich sie auch versuche von dort fernzuhalten. Verstehst du mich, „ES"?" „Aber ja, liebe Mutter Erde, natürlich versteh ich dich – sogar sehr gut!

Also – stell dir einen riesigen, nicht enden wollenden leeren Raum vor." „Halt, halt! Ich denke, ein Raum, in dem nichts drinnen ist, kann auch kein Raum sein, „ES"! Das hat mir Estrie mal sehr ausführlich erklärt. Und wo was drinnen sein soll, muss auch ein passender Raum dafür vorhanden sein. Schau mich an – „ich bin"! Und wenn du mir die Schöpfung nicht einen geeigneten Raum geben würde, wäre ich nicht in ihm – sehr zu meinem Bedauern, wenn du verstehst wie ich das meine!" „Also, du nun wieder. Na ja, so ganz falsch ist das sicherlich nicht. Treffender wäre, wenn ich sage – stell dir einen Raum vor, der eben nicht ganz leer ist." „Aha! Und wie geht es weiter mit so einem Raum, wo eventuell kaum was drinnen sein soll?"

„Stell dir vor, in diesem Raum schlummert seit ewigem Gedenken, traurig - eigentlich sehr, sehr traurig und allein, die Sehnsucht vor sich hin." „Wer ist denn das nun wieder, "ES"? Ich habe noch nie von ihr gehört." „Gehört vielleicht noch nicht, liebe Mutter Erde. Aber du hast sie bestimmt schon gefühlt. Ganz sicher dann, wenn du gedanklich nach mir und Estrie rufst. Ja, wer ist diese Sehnsucht? Sie ist die Mutter allen geistigen Lebens. Sie ist nicht nur unsere Mutter, sie ist – oder genauer gesagt, sie war die traurigste, und sich ständig im geistigen Schmerz windende Mutter, die es je gab." „Nein! Und das ist wahr? Und warum war sie so furchtbar traurig, „ES"?" „Die Sehnsucht lebte still, leise und sehr bedrückt ganz allein in diesen riesigen Raum des Nichts vor sich hin. Niemand war da, mit dem sie reden, oder mit dem sie was Gemeinsames erleben konnte. Na, genauer gesagt, so ganz allein war sie auch nicht." „Das wird ja für so einen kleinen Planeten wie mich, immer spannender. Wer war denn da noch da, „ES"? Du sagtest, sie lebte allein in einem riesigen Raum?" „In dieser unendlichen Leere lebte das Nichts." „Bitte, „ES", nimm mich nicht so auf deine Arme! Nichts ist Nichts – so viel weiß ich auch. Wenn auf meiner Ober-fläche nichts wachsen würde, dann wäre auch nichts zu sehen, um es anfassen zu können. Das ist doch richtig, „ES"?" „Teils, teils, liebe Mutter Erde." „Ach was, und wieso teils und nochmals teils?" „Weil auch in dem Nichts die Sehnsucht ruht und das Nichts hofft, einmal kein Nichts mehr zu sein!" „Entschuldige, „ES", das kommt in meinem Verstand nicht an." „Stell dir vor, du bist mit deinem Dasein, und auch das Nichts hat ja ein gewisses Dasein, rundum zufrieden. Trotz dieses scheinbar angenehmen Zustandes krabbelt langsam und zielstrebig die Sehnsucht in dir auf, und ruft nach Veränderungen in deinem Nichts. Es ist wie ein Weckruf, nicht mehr und nicht weniger.

Zum Beispiel bei dir, liebe Mutter Erde, könnte es den Ruf zu Estrie auslösen." „Ach so ist das!"

„Die Sehnsucht ist die Triebfeder allen Geschehens, ohne aktiv daran mitzuwirken. Und jetzt frag mich nicht, woher die Sehnsucht kommt. Sie „ist", und wäre das nicht so, wer sollte dann auf die Idee kommen etwas zu sein, was er nicht ist, aber möglicherweise gern sein möchte. Und den Weckruf dafür, gibt uns die Sehnsucht. Kannst du dir das so vorstellen, liebe Mutter Erde?" „Nicht alles, „ES"! Aber die Traurigkeit der kleinen Sehnsucht so allein zu sein, kann ich mir schon denken. Und das macht mir sehr zu schaffen. Und wie geht das mit der kleinen Sehnsucht weiter, „ES"?

Bei dem Schmerz, den die Sehnsucht ständig wegen ihres Alleinseins erleiden musste, zog sich, wie bei einer schmerzhaften Verkrampfung, ihr großer und fast leerer Raum, eben das „Nichts", immer enger zusammen, und presste die kleine Sehnsucht zunehmend so fest ein, dass sie sich kaum noch bewegen konnte.

Durch das Zusammenziehen des fast leeren Raumes, entstand ein gewaltiger Druck auf unsere Sehnsucht, die ja, wie du weißt, sich in diesem Raum aufhalten musste. Diese enormen Druckkräfte wuchsen und wuchsen bis zu dem Moment, wo sie nicht mehr zum Halten waren und sich in einer riesigen Explosion freisetzten.

„Und was passierte dann, „ES"?" „Erinnerst du dich noch an deine Geburt, liebe Mutter Erde?" „Nicht besonders gut, es ist ja schon ziemlich lange her, wie du weißt." Ich wurde ja bei einem wuchtigen, kosmischen Knaller als Planet geboren." „Richtig, so war das. Aber nicht nur du als Planet Erde, auch die vielen anderen Planeten, Sterne und Galaxien wurden durch den Knaller, wie du ihn bezeichnest, geboren und füllen das gesamte materielle Universum aus." „Und was hat das mit der Sehnsucht zu tun, „ES"?" „Sie platzte mit einer gewaltigen energetischen Entladung auseinander." „Ach nein! Die arme kleine Sehnsucht. Das muss ja furchtbar für sie gewesen sein? Und was geschah dann? Ich meine, nach dem Knaller – entschuldige bitte, aber der Ausdruck gefällt mir so gut." „Aus der kleinen Sehnsucht, wie du sie nennst, entstanden, sowie sich im materiellen Universum die vielen Planeten, Sonnen und Galaxien bildeten, die kleinsten Bausteine des gesamten Universums – die Schöpfung!"

„Wenn du jetzt nicht so ernst sein würdest, müsste ich eigentlich davon ausgehen, du erzählst mir ein gruseliges Märchen, „ES"!" „Nein, liebe Mutter Erde, das ist keine Geschichte zum Einschlafen. Das ist sehr, sehr ernst und wirklich so gewesen. Solltest du möglicherweise einmal mit der Schöpfung über dieses Thema sprechen wollen, solltest du irgendwelche Späße dazu besser unterlassen. Da kann die Schöpfung des Ganzen echt sehr streng werden. Was für dich nicht besonders lustig sein dürfte. Wenn du verstehst, wie ich das meine, liebe Mutter Erde!" „Entschuldige bitte, „ES", kommt nicht wieder vor, versprochen!"

„Es gibt körperlich denkende Lebewesen der höheren geistigen Ordnung auf einigen bewohnten Planeten, die glauben an kosmische, göttliche Wesen. Mit so einem Glauben werden sie der wirklichen Schöpfung bestimmt nicht näher kommen! Mit geistigen Wesen kann man nur in Kontakt kommen, wenn sich diese Spezies die Mühe machen würde, tief in sich selbst hineinzuhören. Und das nicht nur einmal in ihrer gesamten Lebensspanne. Auch nicht in dem Augenblick, an dem sie sich von ihrem körperlichen Leben verabschieden müssen. So einfach sind wir geistigen Wesen für eine Plauderstunde nicht zu gewinnen. Das wirkliche geistige Fühlen nach dem Zweck ihres körperlichen Daseins wird ihnen den Weg zeigen. Nur so wird es ihnen möglich sein, uns zu fühlen und zu hören! An etwas so genanntes göttlich Außerirdisches mögen sie lieber nicht glauben. Sondern sie sollten sich ständig bemühen es zu suchen, und mit ihrem Herzen zu fühlen. Einen anderen Weg dafür gibt es nicht.

Diese körperlich denkenden Lebewesen der höheren geistigen Ordnung, natürlich nicht alle, die an so genannte Götter stur und steif glauben und daran festhalten wollen, tun es deshalb, weil sie ihn, also diesen so genannten Gott, als künstliches, bewusst geschaffenes Gebilde für ihre abscheulichen Schandtaten, die sie mit großem Tatendrang vollbringen, notwendig brauchen. Einer muss ja letztendlich an allem schuld sein!

In der Tiefe ihres Bewusstseins, so sie sich die Mühe machen es entdecken zu wollen, würden sie höchstens die hämische Fratze der Bestie Krieg vorfinden. Das ist auch schon alles. Tröstend für uns geistige Wesen ist es, dass es auch viele Männer und Frauen dieser Spezies gibt, die uns suchen und fühlen wollen. Eine wichtige Voraussetzung dafür, um einmal, wenn die Zeit dafür gekommen ist, unsere Stimmen zu hören. Hast du noch Fragen, liebe Mutter Erde?" „Nein, „ES"!" „Also gut, dann erzähl ich dir weiter, was mit den kleinsten Bausteinen des Lebens geschehen ist, als sie bei der großen Entladung freigesetzt wurden."

Nach und nach wurde es diesen Teilchen, also der Schöpfung von allem was uns umgibt, doch etwas einsam, und in einer gewissen Weise langweilig. Was das bedeutet, darüber haben wir beide uns ja schon ausgiebig unterhalten." „Entschuldige, „ES", dass ich dich unterbreche. Seit dem ich denken kann, wüsste ich nicht, dass es mir auch nur einen einzigen Augenblick langweilig war. Ich bin eher froh darüber, wenn mal etwas Ruhe auf meinem Planeten herrscht, und ich für eine Weile ruhen kann." „Du darfst nicht vergessen, dass die Schöpfung schon sehr, sehr lange existiert, und auch weiter existieren wird. Du, als Planet Erde, lebst relativ betrachtet, sehr lang. Gemessen an dem Seinen, eben nicht. Es kann dann schon mal vorkommen, dass es der Schöpfung etwas langweilig werden kann. Ganz gleich – weiter mit dem, was ich dir eigentlich erzählen möchte!

Ob nun Langeweile oder keine, der wahre Grund dafür war, das die Schöpfung begann Überlegungen anzustellen, was sie vielleicht ändern müsste, damit um sie herum sich was bewegen möge. Wie schaffte sie es mit Hilfe ihrer kleinsten Bausteine in ihrem sehr großen kosmischen Raum, ein Universum zu schaffen, in dem sich seine unglaublich vielen Fähigkeiten entfalten könnten.

Die Sehnsucht ist ja durch die Explosion nicht verloren gegangen, oder hat sich im Nichts versteckt. Sie hat sich nur mit den vielen Bausteinen des ewigen Lebens fest verbunden. Es musste in ihnen ein sehr starkes Energiepotential existieren, das dafür möglicherweise verantwortlich sein kann. In der unendlich großen Welt der Schöpfung gilt nur ein gemeinsamer, friedlicher und liebevoller Zusammenhalt. Es gibt nur ein gemeinsames – „Wir".

Ein langes geistiges Leben verging, bis sie die heimliche Kraft, die sich in ihren Gedanken nicht so schnell traute ihr Dasein zu zeigen, fühlte und wahrnehmen konnte. Die Kraft der Liebe und der Vernunft. Sie gewannen immer mehr Einfluss in diesen kleinen Bausteinen, und sehnten sich nach einem eigenen Universum.

Und so ließ es die Schöpfung des Ganzen geschehen. Das geistige Universum, die Heimat der Liebe und der Vernunft, so nannte es die Schöpfung, war als kosmischer Raum geboren. Natürlich war das alles nicht so einfach für die Liebe und Vernunft, so selbständig ein richtiges Universum zu sein. Was fehlte, waren Lebens- und Spielgefährten, die sie mit der Kraft der Liebe und der Vernunft umsorgen konnten. Außer der Schöpfung des Ganzen selbst war ja noch niemand da.

Lange grübelte die Schöpfung darüber nach, wie es dem Universum der Liebe und der Vernunft helfen könnte. Und siehe da, sie hatte einen erlösenden Einfall. Diese kleinen Teilchen des Lebens besitzen alles, nur keine natürliche Masse?" „Entschuldige, „ES", das ich schon wieder unterbrechen muss. Was bedeutet das, Masse - was ist das?" „Betrachte dich als Beispiel dafür, liebe Mutter Erde. Du bestehst natürlich auch aus diesen kleinen Bausteinen des Universums, aber eben nicht nur. Du hast ja auch einen recht großen, massigen Körper." „Willst du damit andeuten, dass ich möglicherweise dick sein könnte." „Aber nein, liebe Mutter Erde! Wie schon gesagt, besteht dein Körper aus einer großen Masse. Wenn dem nicht so wäre, könnte man dich ja nicht sehen und berühren." „Aha, so ist das also. Und wie hat die Schöpfung meine schöne Kuller bei dem großen Knaller zusammengebaut, „ES"?" „Lass dir das in Ruhe erzählen. Diese kleinsten Bausteine des Universums der Liebe und der Vernunft, die selbst keine eigene Masse besitzen, sehnen sich nach vielen Spielgefährten, die möglichst anders als sie selber sind. Und die Sehnsucht, die ja auch als große Kraft in ihnen ruht, sucht unaufhörlich nach möglichst handfesten Elementen, die man anfassen und sehen kann.

Dieses hoffnungsvolle Sehnen nach Veränderungen verbindet sich natürlich auch mit gewissen praktikablen Vorstellungen, wie diese anderen Teilchen möglicherweise beschaffen sein sollten, und was sich daraus ganz konkret entwickeln ließe.

Und so formten sich in ihren energetisch geistigen Anstrengungen langsam und sehr behutsam etwas größere Bausteine, die in der Lage wären, richtig massiv zu werden, soweit man ihnen die erforderlichen energetischen Grundlagen schaffen würde.

Sie benötigten einen sehr großen kosmischen Raum, und sie brauchen sehr viel Energie. Davon, also von der notwendigen Energie, war im Überfluss vorhanden. Aber der Raum nicht, jedenfalls nicht so, wie sie ihn zwingend brauchten, um sich zu entwickeln. Das Universum der Liebe und der Vernunft hatte sich ja bereits energetisch ausgebreitet. Alle Bemühungen dieser kleinen Bausteine, sich in diesem Universum einen eigenen Platz zu schaffen, scheiterten. Die Liebe und die Vernunft wollten vermutlich nicht einsehen, dass sie ja nicht ihr ganzes Universum hergeben sollten, sondern nur einen Teil davon.

Jedenfalls pressten sie diese Bausteine, die sich in ihren Universum einen passenden Raum suchten, immer fester zusammen und, was dann geschah kannst du dir ja bereits lebhaft vorstellen, liebe Mutter Erde." „Ja, kann ich, „ES". Es kam bestimmt zum ersten wuchtigem Knaller." „Aber nicht nur, liebe Mutter Erde. Es war die Geburtsstunde des materiellen Universums. Es existierte nun ein geistiges Universum, dass der Liebe und der Vernunft – die Heimat von allen Geistwesen. Und es entstand das materielle Universum - das Geburtsland aller Planeten, Sterne, Galaxien und der schwarzen Löcher. So geschah es. Hast du noch Fragen dazu, liebe Mutter Erde?" „Eine Menge, „ES", aber die hebe ich mir für später auf. Wie geht es jetzt auf meiner Planetenoberfläche weiter, "ES"? Das wäre für mich zunächst wichtiger." „Ich kann deine Sorgen durchaus verstehen, liebe Mutter Erde. Du willst ja bestimmt wissen wollen, was aus deinen menschlichen Zweibeinern wird?" „Das wäre schon sehr wichtig für mich, „ES"? Werden sie das, was sie angerichtet haben auch überleben? Haben sie eine Chance einen neuen Anfang zu finden, und so möglich, einen friedlichen? Und was muss ich gegebenenfalls alles noch mit meinen Zweibeinern ertragen? Weißt du darauf schon mögliche Antworten, „ES"? Entschuldige bitte, dass ich nochmals so nachdrücklich danach frage. Wir haben uns ja darüber schon unterhalten. In mir klammert sich halt immer noch ein Fünkchen Hoffnung, es möge doch alles nicht so schlimm kommen, wie du es bereits geschildert hast." „Alles kann ich dir noch nicht sagen. Einige Entwicklungen auf deinen Planeten sind noch sehr im Dunkeln verborgen. Aber die meisten deiner Fragen kann ich dir erklären. Jedenfalls werde ich mich darum bemühen. Entspann dich, und hör zu!"

Meine Kinder am Abgrund

Wo man Gefahren nicht besiegen kann, beginnt der Tod sein unvermeidliches Werk.

Verlässt man den Pfad der Vernunft und der Liebe, begibt man sich auf den Weg ins Verderben.

Dietmar Dressel

Die rapide Veränderung deiner Lufthülle, bedingt durch die ständig steigende Erwärmung deiner Oberfläche, und der massive Einsatz der sehr gefährlichen Waffen durch deine Erdbevölkerung, trägt im Gesamtkomplex betrachtet dazu bei, ihr eigenes Leben und das der Tier- und Pflanzenwelt ganz erheblich zu gefährden und letztlich ihrer Existenz zu berauben - vorsichtig formuliert. Deine menschlichen Zweibeiner werden in absehbarer Zeit nicht mehr existieren. Und damit meine ich ausnahmslos alle. Das wäre auch durch aufopferungsvolle Bemühungen von den wenigen vernünftigen Menschen, gleich auf welchen Landesteilen sie wohnen sollten, nicht mehr aufzuhalten. Der Organismus von körperlich denkenden Lebewesen der höheren geistigen Ordnung, also auch der von Menschen, ist außerordentlich empfindlich, und ist den zu erwartenden biologischen, physikalischen und klimatischen Veränderungen, die auf deiner Oberfläche geschehen, nicht gewachsen. Es würde auch nichts nützen, sollten sie Schutz tief unter der Erdoberfläche suchen wollen." „Das bedeutet, ich werde meine Kinder verlieren, ist das so, „ES"?" „Ja, das ist so!

Der blaue Planet Erde ist, sowohl von seiner Beschaffenheit, als auch durch seine lebensfähige Kreisbahn um die warme gelbe Sonne, für körperlich denkende Lebewesen der höheren geistigen Ordnung, einschließlich der Pflanzenwelt und der Tierwelt durchaus geeignet, über eine sehr lange Zeit das körperliche Leben von denkenden Lebewesen der höheren geistigen Ordnung in Liebe, Eintracht und mit Vernunft zu genießen. Über die Ursachen des Scheiterns haben wir ja schon ausführlich gesprochen.

Nach dem körperlichen Tod deiner menschlichen Zweibeiner wird das Ichbewusstsein jedes einzelnen Mannes jeder einzelnen Frau und das eines Kindes von ihnen, mit allen gespeicherten Energieinhalten, von einem gewaltigen energetischen schwarzen Loch im Zentrum der Milchstraße, so nennen die Menschen diese Galaxis, eingefangen und gespeichert.

Nach und nach wird ihr akkumulierter Energiehaushalt, auf der Grundlage des Energieerhaltungsgesetzes, in eine andere Energieform umgewandelt und den geistigen Erfüllungsgehilfen des materiellen Universums, wie zum Beispiel der Bestie Krieg, zugefügt - so weit so gut.

Aber weiter mit dem, was bereits geschah, und noch geschehen wird. Mit einer gewissen Sicherheit wird das, was ich dir erzähle, sich so und nicht anders entwickeln.

Die gesamte Tierwelt kann ihre Existenz noch eine gewisse Zeit hinauszögern, doch ihr Untergang ist zeitlich absehbar. Die Pflanzenwelt wird als Letztes von deiner Oberfläche vollständig verschwinden.

„Ich bitte dich, „ES", muss das auch noch sein?" „Ich kann das nicht ändern, selbst wenn ich wollte, liebe Mutter Erde." „Was soll ich dann so alleine unternehmen, „ES"? „Ganz allein wirst du ja nicht sein, liebe Mutter Erde. Denke an die kleinsten Bausteine des Lebens. Außerdem werden winzige, bakterielle Lebensformen das Desaster, das deine Oberfläche getroffen hat, überleben. Ich bin da absolut sicher, liebe Mutter Erde. Sie sind einer der Grundbausteine für den Beginn eines neuen Lebens, das sich auf deinen Planeten wieder entwickeln wird - du musst dir darüber keine unnötigen Sorgen machen." „Wieso, „ES", was ist daran so sicher?" „Weil deine hübsche Kuller, oder der blaue Planet, wie wir Geistwesen ihn auch gern bezeichnen, eine Kreisbahn zur Sonne hält, die das Entstehen von Leben grundsätzlich ermöglicht." „Dann sollte ich umsichtig darauf achten, dass meine schöne Kuller sich auch dort bewegt, wo sie jetzt ist." „Das solltest du, liebe Mutter Erde, das solltest du wirklich!"

„Eine ander Frage „ES". Ist dir bekannt geworden, was aus meinen Zweibeinern geworden ist, die mit ihren Raketen versuchen wollten, zum Planeten Venus zu fliegen?" „So viel ich erfahren habe, soll nur einer einzigen Rakete die Landung auf den Planeten Venus geglückt sein. Die Rückreise zum Planeten Erde konnten sie wegen Treibstoffmangel nicht mehr durchführen. Die Lebensverhältnisse für Menschen sind derzeit auf der Venus ungeeignet. Sie haben dieses Abenteuer nicht überlebt.

Lass mich bitte eine andere Frage stellen, „ES". Was ist die Triebfeder dieses lebensverachtenden Handelns meiner menschlichen Zweibeiner? Oder sind andere denkende Lebewesen der höheren geistigen Ordnung auf bewohnbaren Planeten gleichartig in so einem abartigen und unvernünftigem Handeln?" „Keine einfachen Fragen, liebe Mutter Erde."

Über Charaktereigenschaften von körperlich denkenden Lebewesen der höheren geistigen Ordnung müssen wir uns ja nicht mehr unterhalten, liebe Mutter Erde. Du weißt ja, dass sie in den kleinsten Bausteinen des Lebens, so wie von der Schöpfung vorgesehen, eingebettet sind. Selbstverständlich bestimmen sie in keiner Weise das Verhalten der Spezies denkender körperlicher Lebewesen, sondern sie sind das geistige Fundament für ihr geistiges Fühlen, ihr Denken und das daraus resultierende Verhalten und Handeln. Sie lassen jedem Mann, jeder Frau und jedem Kind erkennen, welche dieser Charaktereigenschaften in besonderer Weise das Leben von ihnen beeinflusst, oder sie in der Teilnahmslosigkeit am sozialen Leben eines Gemeinwesens versinken lässt.

Deine Frage, liebe Mutter Erde, berührt in signifikanter Weise die Charaktereigenschaften der scheinbar unersättlichen Gier und der unbändigen Machtsucht. Dieses, ihr anhaftende missgünstige Verhalten arbeitet nach dem Grundsatz – mit Gewalt erreicht man alles, so man es nur wirklich und nachhaltig will! Diesen Eindruck kann man jedenfalls leicht gewinnen. Die grenzenlose Zielstrebigkeit der Gier und der Macht bezüglich ihrer mentalen Einflussnahme auf denkende körperliche Lebewesen der höheren geistigen Ordnung ist darauf ausgerichtet, in konsequenten und rücksichtslosen Schritten die Macht über das gesamte geistige Verhalten und das daraus resultierende praktische Handeln eines Mannes, einer Frau oder das eines Kindes in ihre klebrigen Fangarme zu nehmen.

Viele Männer, Frauen und Kinder dieser Spezies denkender körperlicher Lebewesen der höheren geistigen Ordnung kennen diese Charaktereigenschaften der Gier und der Macht sehr wohl. Sie fühlen förmlich, wie sie bei allen möglichen Gelegenheiten besitzergreifend und lockend um sie herumschwirren. Möglicherweise ist die Gier auch gierig auf sich selbst – warum nicht. So wie sie sich benimmt, wäre das jedenfalls nicht auszuschließen!

Was treibt diese Charaktereigenschaften Neid und Macht zu so einem abstrusen Verhalten? Was wollen solche abscheulichen Eigenschaften eigentlich bei der Spezies denkender körperlicher Lebewesen der höheren geistigen Ordnung damit erreichen? In der Tierwelt kommen solche geistigen Verhaltensweisen jedenfalls nicht vor. Und ich kenne sehr viele Tierarten. Wer von dieser Spezies, ob ein Mann, eine Frau oder ein Kind will denn gierig oder gar machthungrig sein? Nein - niemals! Oder vielleicht doch? Was steckt hinter diesem unbändigen – i c h   w i l l   d a s   s o! Oder jener Habe des Nachbarn, des Freundes und des Arbeitskollegen? Offiziell und lauthals will das natürlich keiner gern eingestehen, oder zugeben – selbstverständlich möchte das niemand! Jedenfalls nicht freiwillig! Es klingt ja so rücksichtslos und besitzergreifend.

Diese beiden Charaktereigenschaften, also die Gier und die Machtsucht, möchte sich von dieser Spezies niemand gern überziehen. Braucht sie ja auch nicht! Sie sitzen bereits fest verankert in ihrem Ichbewusstsein.

Natürlich kann sie jeder in seinem Ichbewusstsein geistig einsperren und damit zur Handlungsunfähigkeit zwingen. Schon! Aber, da steht es unverrückbar, dieses kleine Wörtchen - a b e r!

Deine zweite Frage kann ich mit wenigen Worten beantworten. Um bei den beiden übelsten Charaktereigenschaften wie der Gier und der Machtsucht zu bleiben. Es gibt ja noch eine Menge mehr davon. Diese beiden sind in besonderer Weise davon abhängig, inwieweit ein Überfluss oder ein Mangel an allen möglichen materiellen Gütern vorherrschend ist. Ich meine damit, in welchen ökonomischen Verhältnissen diese Spezies denkender körperlicher Lebewesen der höheren geistigen Ordnung auf einem bewohnbaren Planeten lebt. Ich kenne einen bewohnbaren Planeten, dessen intelligente Bevölkerung lebt im Wasser, und zwar ausschließlich im Wasser. Sie können sich in so einem Lebensumfeld nur sehr wenige Güter anschaffen, die in solchen Lebensverhältnissen einen notwendigen Zweck erfüllen sollen. In so einem Umfeld hat es die Gier und die Machtsucht sehr, sehr schwer, diese denkenden körperlichen Lebewesen in irgendeiner Weise für ihre Untaten zu gewinnen. Wo es keinerlei Möglichkeiten gibt Güter oder Dienstleistungen zu kaufen oder zu verkaufen, können sich der Neid und die Machtsucht nicht ausbreiten. Und warum? Weil die materiellen Grundlagen dafür nicht existieren und damit für das tägliche Leben keinerlei Bedeutung haben. Der krasse Gegensatz dazu ist dein Planet, liebe Mutter Erde. Die Menschen, wie sich diese Spezies nennt, können sich so ziemlich alle Produkte aus der Natur scheinbar unbegrenzt einverleiben. Genau das ist so ein ideales Umfeld, dass der Gier und der Machtsucht die gesuchte Plattform bietet - Männer, Frauen und Kinder anzustacheln sich von ihnen, also von der Gier und der Machtsucht leiten zu lassen.

Gurt, „ES", ich habe die Problematik verstanden. Du erwähntest, das Ichbewusstsein. Was kann ich mir darunter konkret vorstellen, "ES". Das, liebe Mutter Erde ist ein sehr ernstes und umfassendes Thema. Wir sollten uns das für einen anderen Zeitpunkt unseres gemeinsamen Zusammenseins aufsparen.

Für Estrie und mich wird es eine große Freude sein, dich in das Geheimnis des geistigen Lebens einzuweihen. Bis dahin habe bitte noch etwas Geduld. Bei deiner langen Lebensspanne dürfte dir das ja nicht schwerfallen.

So, liebe Mutter Erde, ich denke wir lassen eine längere Zeit vergehen, bis wir uns wieder zu einer gemeinsamen Gesprächsrunde zusammenfinden werden. Und wer weiß, vielleicht können wir bis dahin das Entstehen von neuem Leben auf deiner Oberfläche bewundern. Sollte das so sein, werden sich bestimmt, und da bin ich jetzt schon sehr zuversichtlich, Nachkommen deiner menschlichen Zweibeiner herausbilden. Wobei wir wieder bei deiner Frage wären, ob du auf Dauer allein sein wirst.

Allerdings wird das alles noch eine Weile dauern, denke ich, bis sich diese Frage schlüssig beantworten lässt. Nur - was bedeutet für einen Planeten Zeit – ich bitte dich, liebe Mutter Erde – habe Geduld. Und bis dieser Entwicklungsprozess von denkenden körperlichen Lebewesen der höheren Ordnung beginnt, also bis sie lernen werden aufrecht zu gehen, solltest du schlafen. Sobald Estrie und ich die ersten Anzeichen dafür erkennen, werden wir dich aus deiner besinnlichen Traumwelt zurückholen." „Was hältst du davon, liebe Mutter Erde?" „Was soll ich davon halten, „ES". Ich werde genau das tun, was du eben sagtest. Auf meiner Oberfläche wird bald eine gewisse Totenstille eintreten. Und ehrlich gesagt, darauf kann ich gut und gern verzichten.

Ich habe zwei sehr liebe und kluge Geistwesen in mein Herz geschlossen, dich „ES" und dich liebe Estrie. Ihr habt mir seit meiner Geburt immer mit Rat und Tat geholfen. Warum sollte ich auf eure Ratschläge nicht hören wollen. Also, macht euch auf die Reise zu anderen bewohnten Planeten und weck mich auf, wenn es für mich wieder erfreuliche Zeiten geben wird." „So soll es sein. Dann schlaf gut, liebe Mutter Erde! Du kannst ohne Angst und Sorge sein, versäumen wirst du auf deiner Oberfläche nichts."

Die beiden Geistwesen „ES" und Estrie verabschieden sich mental von der Mutter Erde und hoffen, dass sie bei ihrem Erwachen eine Oberfläche vorfinden möge, die ihren Planeten Erde wieder in einer vitalen Lebensfreude zeigen wird.

Der Autor

Es kommt die Zeit, da rückt das 65. Lebensjahr in greifbare Nähe - endlich - denkt man erleichtert - in Pension. Soweit so gut! Es dauert nicht lang, und man feiert im Kreise der Familie den 66. Geburtstag und stellt dabei mit zunehmender Ungeduld fest, dass so ein Tag, mit seinen 24 Stunden, ziemlich lang sein kann.

Familie, Enkelkinder, Faulenzen, Reisen und gelegentliche botanische Experimente bei der Gartenarbeit reichen nicht mehr aus, um den Tag ein interessantes Gesicht zu geben - was tun? An dieser Frage kommt man nicht mehr vorbei, möchte man nicht den Rest seines Lebens auf der Couch und vorm Fernseher verdösen. Warum, so fragte ich mich, die vielen Gedanken und Ideen, die sich im Laufe eines Lebens gesammelt haben überdenken und - so möglich, schriftlich verarbeiten. Kaum sind solche Gedanken zu Ende gedacht, entwickelt sich dafür die notwendige Initiative - ein Literaturstudium muss her, denkt sich der Kopf, ohne an den

Körper zu denken, der ist ja bereits 66 Jahre alt. Diese drei Studienjahre waren es, die mir zeigten, dass das kreative Schreiben kein dunkles Geheimnis bleiben muss, so man sich bemüht es zu lüften. Und noch etwas half mir sehr, das Schreiben ernsthaft anzupacken - das geistige in sich "Hineinhören" um mit dem Bewusstsein und seiner inneren Stimme Gespräche zu suchen.

Viele meiner Bekannten und Leser fragen mich, wie machst du das, in so kurzer Zeit so viele Bücher zu schreiben? Ehrlich gesagt, ich kann mir diese scheinbar einfache Frage nicht mal selbst beantworten. Ich glaube, es ist meine innere Stimme, die ständig mit mir diskutieren möchte. Und so fließen die Gedanken, wie von Geisterhand gelenkt, schon fast von allein in die Tastatur meines Computers.

Meiner Frau, meinen Kindern und Enkelkindern habe ich viel zu verdanken. Sie geben mir die Kraft und die Ruhe um zu schreiben. Und das ist es, natürlich nicht nur, was meine Gedanken, mein Bewusstsein und mein Weltbild nachhaltig so wohltuend inhaltsreich beeinflusst.

Das, was ich schreibe ist möglicherweise nicht immer leicht zu verdauen, soll auch nicht so sein. Ich möchte auch nicht der "Besserwisser" sein, oder Derjenige, der alles richtig und wahrhaftig beurteilt. Beileibe nicht - wirklich nicht, ganz ernstlich!!! Wenn es mir in meinen Romanen mit seinen unterschiedlichen Themen und Inhalten gelänge, Nachdenklichkeit zu wecken, aus der sich möglicherweise Fragen entwickeln, wäre ich ein glücklicher Schreiberling und Autor.

Denn sie sind es doch, die helfen, dass wir uns weiter entwickeln können. Und wer will schon in seinem Leben auf der Stelle treten? Das glaube ich auch nicht!!!

Bücher mit Inhalten wie bei Noah Gordon, (der Medicus) und Jostein Gaarder (Sofies Welt) beflügeln meinen Geist. Eigentlich bin ich ein typischer Zahlenmensch - beruflich geprägt, und liebe das Rationale - natürlich nicht nur! Was mich selbstverständlich nicht davon abhält, die Tiefen meiner Seele zu ergründen, das Glück und den Schmerz meines Herzens mit allen Fasern zu fühlen und der sehr, sehr leisen Stimme des Bewusstseins, wenn die Zeit dafür da ist, zuzuhören.

www.dietmardressel.de

**Mehr Informationen unter
BoD Verlag**
www.bod.de

Folgen Sie mir auf Twitter

Die DDR in den siebziger Jahren. Viele führende Politiker leben in Saus und Braus. Die Stasi und der Polizeiapparat sorgen mit den dazu passenden Einrichtungen für Angst, Terror und Gewalt, schlimmer als die Inquisition im Mittelalter. Die Denunziation der Menschen untereinander blüht in allen Farben, die Masse des Volkes bedient sich hemmungslos am Volksvermögen und verweigert zunehmend die Arbeitsleistung. Die Wirtschaftsleistung und die Staatsfinanzen werden nur noch durch den Verkauf von Menschen, und durch die massive, wirtschaftliche und finanzielle Unterstützung der BRD aufrechterhalten und abgesichert.
Der Untergang dieses Systems in der DDR ist bereits erkennbar, und viele Bürger sind verzweifelt auf der Suche, einen Ausweg für sich selbst und ihre Familien zu finden.
Zwei junge Menschen lernen sich kennen, verlieben sich und wollen ihr gemeinsames Leben in einem Land verbringen, in dem sie frei von politischen Zwängen sind. Was die beiden auf diesem sehr gefährlichen Weg erleben und erleiden müssen, ist die Hölle und das Grauen an sich. Verwundet und schwer verletzt an Seele, Geist und Körper, erreichen sie nur mit großen Mühen ihr Ziel. Das Buch verspricht viel hochgradige Spannung, in einer Atmosphäre voller Liebe, Schmerz, Leid und Hoffnung.

Der Roman - „Eine Sprengmine zwischen Aufbruch und Freiheit" ist der zweite Teil vom Roman - „Ein Riskanter Aufbruch".
Die Bundesrepublik Deutschland, inmitten Europas, erlebt seit vielen Jahren, wie andere Staaten in diesem Erdteil auch, Frieden, Wohlstand und die Freiheit der Gedanken. Was man vom anderen Teil Deutschlands - der DDR - nicht sagen kann. Direkt im Krieg ist sie nicht, aber das Land ist für seine Größe aufgerüstet und mental auf Krieg eingestimmt, schlimmer als eine Großmacht. Noch bedauernswerter ist der Zustand der Bevölkerung. Es herrscht Mangel an allem was die Menschen brauchen, und die friedlich etwas ändern wollen, oder voller Verzweiflung das Land verlassen möchten, werden entweder unmenschlich eingesperrt, gefoltert und gequält, oder durch Selbstschussanlagen, Minenfelder und Salven aus Maschinenpistolen getötet, zerfetzt oder schwer verletzt und verstümmelt.
Wenn in diesem Buch nicht ab und zu Seiten zu lesen wären, die dem Leser ein wenig Entspannung ins Gesicht zaubern, würden sie die eigenen Tränen fast ersticken, und die Schmerzen die sie mitfühlen, an den Rand der Verzweiflung bringen. Es fällt einem schwer, das alles beim Lesen zu ertragen, aber noch schwerer ist es, das Buch aus der Hand zu legen.

Deutschland zum Ende des achtzehnten Jahrhunderts. Zwei erwachsene Menschen, ein noch junger Mönch, und ein in die Jahre gekommener Bader, erleben hautnah und zum Teil selbst in den Handlungen eingebunden, eine Zeit, in der es den Menschen sehr schlecht ging, und die Gelegenheit zum Lachen auf einem engen Raum begrenzte.
Durch Krieg, der menschenverachtenden Raffsucht des Adels, der Kirche mit ihren Gesetzen, die jeden neuen Ansatz zur Verbesserung der Lebenslage der Menschen, sowohl materiell als auch ideell im Keime erstickten, und mit so genannten Gottesurteilen, dem Scheiterhaufen und der Folter durch die Inquisition, wurde den einfachen Menschen, besonders von denen auf dem Land, das Leben unsäglich schwer gemacht.
Gott hat ja die Menschen nicht des Leidens und des Sterbens wegen geschaffen - ganz sicher nicht! Die Oberschicht des Landes sperrt sich vehement gegen jede Art von geistigem und materiellem Fortschritt, es sei denn, sie sind einzig und allein die Nutznießer dieser Veränderungen.
Das Buch verspricht viel Spannung, in einer Atmosphäre voller -

Schikanen, sadistischem Missbrauch des Glaubens, Angst vor Folter und Todesqualen, Liebe, selbstloser Hilfe, unerträglicher Schmerzen, körperlichen Leides und zaghafter Hoffnung auf Besserung.

**Mehr Informationen unter
BoD Verlag
www.bod.de**

Folgen Sie mir auf Twitter

**Mehr Informationen unter
BoD Verlag
www.bod.de**

Folgen Sie mir auf Twitter